Roberto Vacca

Kill?

romanzo di fantapolitica

Marsilio

Prima edizione: gennaio 2005

ISBN 88-317-8620-2

www.marsilioeditori.it

Nota

Questo romanzo è un po' un saggio. Tratta questioni opinabili, spesso espresse con veemenza dai personaggi – non da me. Io sto in disparte e guardo gli eventi con distacco – come una cinepresa. Dice così proprio uno dei personaggi del libro.

Questo romanzo è il seguito di *I Nostri Padri Hanno Mangiato Frutta Acerba*. Era un esperimento. Fu pubblicato nel 1982. Lo firmai col nome del protagonista e narratore: Giacomo Elliot. Se questo *Kill?* ha successo, forse potrà essere ripubblicato anche quello antico. In quello avevo inserito una nota sostenendo che tutti i personaggi erano inventati e che ogni coincidenza con fatti e persone reali era casuale. All'inizio di *Kill?* non posso inserire una nota simile. Infatti alcuni personaggi fra cui cito solo a titolo di esempio: Paul Krugman, Beppe Grillo, Paolo Sylos-Labini e Massimo Bordin. Altri, pure realmente esistenti li riconoscerete facilmente.

Sono di fantasia: la trama, gli incidenti che narro e le parole che metto in bocca ai personaggi. Ogni intento offensivo mi è alieno. Questo è un racconto satirico.

1.

Era il 7 marzo

Era il 7 marzo. Appena sveglio aprii la finestra. Non faceva più freddo. Il sole già scaldava. Feci il conto: erano passati settantasei giorni dal solstizio d'inverno. Due mesi e mezzo. Dunque la radiazione solare era intensa come ai primi di ottobre. Un mese dopo sarebbe stata come quella di settembre e sarei andato a nuotare.

Poi mi ricordai del salice piangente, e guardai giù. Era l'unico albero nel giardinetto del mio vecchio zio, Alvise Borromeo, al primo piano. Lui stesso mi aveva ricordato la data un paio di mesi prima:

«Jack, sono trent'anni da quando lasciasti l'Italia per l'America. Eri un ragazzo. Ricordi? Mi venisti a dire addio. Guardasti il salice. Dicesti: "Sta mettendo le prime foglie. Chissà se tutti gli anni succede il 7 marzo." Da allora ci faccio caso ogni anno. Al massimo sgarra di sei giorni. Vediamo che fa quest'anno.»

OK. Era in orario. Il giorno prima si intravedevano solo gemme. Oggi erano foglioline di almeno due centimetri. Sorrisi. Andava tutto bene – quasi.

Da nove anni fatico a rispondere «Bene», se mi chiedono: «Come va?» Nove anni fa cadde un aereo di linea – il solo in Europa nell'arco di dodici mesi. Morirono tutti i passeggeri. Erano fra loro mia moglie Fiorella e mio figlio Vittorio di sei anni. Avrebbero dovuto raggiungermi a Barcellona. Avevo appena completato una consulenza informatica per una banca catalana e dovevamo andare in vacanza in Costa Brava. Da allora non vado più in vacanza. Lavoro sempre. Non ne traggo piacere. Ho smesso di dirigere centri di calcolo elettronico. Faccio il promotore finanziario. Guadagno bene, ma dei soldi non so che farmene. La mia droga è concludere con successo le imprese che comincio.

Dopo la disgrazia, tornai ad abitare nel mio attichetto a via dei Battilori 4. Lo zio Alvise sta al piano terreno dello stesso stabile. Lui è il fratello di mia madre. È un colonnello di artiglieria in pensione. Combatté in Marmarica, ma non parla mai della guerra. Ha letto ogni sorta di libri. Da anni sostiene di stare scrivendo un manuale di galateo. Se è vero, sarà un libro divertente. Lui è pieno di storie curiose e di fisime paradossali. Una volta mi raccontò:

«Anni fa stavo al bar dell'Hotel Principi di Savoia a Torino. A pochi metri da me un uomo inciampò, e gridò: "Porca madonna!" Mi avvicinai e lo schiaffeggiai. Dissi: "Non sono religioso, ma sono sicuro che la Madonna era una signora. Non ammetto che si offendano le signore. La sfido a duello."»

Chiesi:

«E lo faceste il duello?»

«Certamente. Quel tanghero scelse la spada. Quasi gli staccai un orecchio.»

Alvise ha una sua vita sociale che non mi coinvolge. Credo che frequenti gente titolata. Non cita nomi – e non li fa cadere dall'alto. Non mi chiede mai della mia vita privata. Talora gli racconto aneddoti gustosi, senza dire a chi sono capitati.

Ceniamo insieme un paio di volte la settimana. Discutiamo le strategie dei conflitti in corso. Dibattiamo misure per combattere il terrorismo. Ragioniamo su dove disporremmo bazooka e mortai per difendere Castel Sant'Angelo, tante volte arrivassero i lanzichenecchi. Qualche volta penso che siamo già stati invasi da armigeri barbari. Però non ci abbiamo fatto caso. E ora è tardi per asserragliarsi in un castello.

Con Alvise giochiamo a scacchi e, se non ho bevuto, lo batto quasi sempre. È un amico, anche se è un po' strano. Di qualunque cosa si parli, tira fuori una citazione appropriata, di cui ha dimenticato l'autore. Sto bene con lui. È un indizio di quanto io sia solo e scontroso.

Tempo fa gli chiesi:

«Non sarà che abiti qui soprattutto per consolarmi e tenermi su?»

Rispose:

«Ma che dici? Io sono un vecchiaccio maledetto. Che bene vuoi che ti faccia? Sei tu che tieni su me.»

Andai a farmi la barba. Ho messo un televisore nel corridoio davanti alla porta del bagno. Così mentre mi rado, vedo il TG nello specchio. Però non c'erano notizie su nessun canale. Lasciai accesa la TV su Rete 4. C'era una conferenza stampa di Berlusconi. Avevo sentito che si contraddiceva spesso. Qualcuno mi aveva detto che negava di aver detto parole che aveva appena pronunciato. Non cambiai canale.

Un giornalista gli chiese:

«Conferma la sua opinione, espressa in passato, che molte parti della Costituzione della Repubblica Italiana sono di ispirazione sovietica?»

Lui negò.

«Mi hanno frainteso. E lo hanno fatto in modo premeditato.»

Poi aggiunse:

«Certo anche il primo Presidente della Repubblica, Luigi Einaudi, scriveva da sovversivo. Propose di abolire i prefetti. Per lui erano *longa manus* dell'autocrazia e dello stato di polizia.»

Subito un altro giornalista chiese:

«Possiamo citarla, Presidente? Secondo lei Luigi Einaudi, il grande liberale, era un sovversivo!»

E lui subito:

«Ecco! Vedete che siete in malafede? Non ho detto "sovversivo". Ho detto "eversore". Avrei potuto dire "riformatore"!»

Sembrava che i miei informatori avessero ragione.

Alvise si alza sempre tardi. Pensavo che quella mattina non lo avrei incontrato. Invece mi chiamò dal suo balcone parecchi metri sotto di me. Scoprimmo anni fa che l'acustica del nostro cortiletto è peculiare. A tre piani di distanza, riusciamo a parlarci a bassa voce senza che ci ascolti nessuno. Alvise, invece, mi sente bene, malgrado la sua normale sordità di ultraottantenne. Guardò su e sussurrò raucamente:

«Hai sentito l'ultima del Presidente del Consiglio? Se l'è presa col Papa e con i polacchi in genere.»

Per quel giorno avevo sentito parlare abbastanza del Presidente del Consiglio. Allargai le braccia, scuotendo la testa.

«Ah, Jack! Dimenticavo. Tu guardi poco la TV. Eh, in questo modo ti risparmi molte brutture. Ma questa è divertente.»

Non obiettai. Anche Alvise ha bisogno di comunicare.

Non potevo togliergli un'occasione rara per lui. Cercai di fare una faccia interessata. Lui continuò:

«Giorni fa il Papa ha fatto un discorso contro i monopoli dell'informazione e contro i potenti che eludono la legge. Senza nomi. Ma il Cavaliere del Lavoro si è adombrato. In una conferenza stampa ha preso un altro scivolone. Ha detto: "Non ho avuto notizia diretta di critiche alla mia persona o alla mia figura morale. Si deve trattare di un malinteso. Ma consentitemi una barzelletta – come dire? – di ridimensionamento. Sempre – come dire? – nel massimo rispetto delle fonti. La sapete quella dell'inventore che si è fatto ricco costruendo puzzles – jigsaw puzzles, quelli con i pezzetti di cartone da incastrare – per polacchi? Sapete come sono fatti? Ah, non lo sapete? Ve lo dico io! Di un pezzo solo! Se i pezzi sono due, già non riescono a montarli." Pare che l'*Osservatore Romano* non intenda raccogliere. Invece l'ambasciatore polacco ha inviato una nota di protesta per l'offesa fatta all'intelligenza dei polacchi. Il Cavaliere del Lavoro ha risposto che si scusa, ma che è stato capito male. Ha la più grande ammirazione per la nazione polacca che ci ha dato Chopin e il Pan Tadeus e che è stata la prima anni fa a risolvere il puzzle di come liberarsi del comunismo.»

Feci una risatina forzata. La politica italiana non mi interessa. Neanche quella americana per altro. Chiesi:

«E che cosa è il Pantadeus?»

«Mi fa piacere che non lo sappia neanche tu, Jack. Ho dovuto cercare sul dizionario. Pare che sia il titolo di un famoso romanzo polacco. Vuol dire: "Il signor Taddeo". Se lo deve essere fatto cercare dai suoi segretari. Non credo lo sapesse da solo. Come dice Brassens del gorilla, il Cavaliere del Lavoro non brilla né per il gusto, né per lo spirito.»

«No. Non avevo idea di queste storie. Sai: sono persone che non tratto. Io non accetterei di avere alcun rapporto con chi sfrutta la decorrenza dei termini dopo essere stato incriminato per reati gravi. *Sunt certi denique fines...*»

Alvise annuì con un sorriso di apprezzamento.

«Ah-ha: ti ricordi ancora il latino. *Sunt certi denique fines quos ultra citraque nequit consistere rectum.* Ci sono certi confini ultimi al di là e al di qua dei quali non può trovarsi la giustizia. È in una satira di Orazio, mi pare. Sono d'accordo.»

Per una volta avevo tirato fuori io per primo una citazione acconcia. Gli feci un cenno con la mano.

«Ti saluto, Alvise. Ora devo andare a lavorare.»

Indossai la mia tuta da lavoro. Completo grigio, camicia azzurro pallido, cravatta reggimentale, mocassini neri lucidi. Stavo andando a incassare trenta milioni di euro.

2.

Tanti soldi tutti insieme

Tanti soldi tutti insieme – da mesi nessuno me li affidava. Il dottor Pacciughi aveva ascoltato le mie proposte con attenzione. Aveva seguito la dimostrazione che avevo fatto sul laptop. Non mi aveva chiesto che cosa intendessi per benchmark di riferimento o per livello di confidenza. Si occupava di finanza da decenni. Mi aveva fatto solo tre domande critiche. Le risposte lo avevano soddisfatto. Poi mi aveva detto di tornare da lui cinque giorni dopo: il 7 marzo alle nove.

Il taxi mi lasciò al suo indirizzo di via Parigi. Salii al settimo piano. L'ingresso dell'ufficio era uno stanzone enorme. Le pareti erano color crema. Al muro era appesa solo una stampa di Picasso. La segretaria di Pacciughi era una bionda delicata e gelida. Il suo tavolo era un lastrone di cristallo. Aveva gambe perfette. La sua voce era ferma e flautata:

«Dottor Elliot, vero? Il dottor Pacciughi la riceverà fra pochi minuti. Gradisce un caffè?»

Sorrisi. Non gradivo. Guardai l'orologio. Dalle finestre enormi vedevo le Terme di Diocleziano. Una struttura imponente. Contiene il Planetario e un museo di arte classica. Ma i ruderi romani mi irritano fin da quando ero bambino. Dicevo a tutti:

«Cretini questi romani. Avevano un impero ricco e potente e lo hanno lasciato andare in rovina.»

Il professore di latino mi diceva:

«Jack Elliot, col tuo nome barbaro – sei uno sciovinista imperiale romano. Dovevi nascere al tempo di Traiano.»

Voltai le spalle alle Terme. Chiesi alla bionda:

«Mi dice il suo nome?»

Rispose:

«Mila Manara.»

Dovevano averle chiesto mille volte se era lei la modella delle bellissime donne dei fumetti di Milo Manara – e se l'artista era suo parente. Le dissi solo:

«Incantato.»

Lei sorrise un po' meno gelidamente. Chiese:

«Ma lei è americano? Lo chiedo perché il suo italiano è perfetto.»

Guardai di nuovo l'orologio. Dissi:

«Sono un sangue-misto.»

Il telefono di Mila zufolò garbatamente. Lei rispose:

«Manara. Ufficio del dottor Pacciughi.»

Poi sentii solo la sua parte della conversazione.

«No. Non è un cattivo momento. Ti aiuto volentieri, se posso. È un piacere dare una mano ai giovani imprenditori...»

Aveva una voce molto piacevole.

«Ti fermo subito. Se dici "manèggement", sei subito squalificato. Si pronuncia "mèneg'ment". Vai avanti...»

«Attento. ROI vuol dire Return On Investment – non Of Investment...»

«Bada! Total Quality Management devi tradurlo "Gestione Totale della Qualità" e non "Gestione della Qualità Totale"...»

Rimase in ascolto a lungo. Annuiva ripetutamente. Uno dei suoi riccioli biondi vibrava appena sulla sua fronte. Poi ebbe uno scatto:

«Eh, no! Come scrivi? La moquette è il tappeto fisso sul pavimento. Tu vuoi dire "maquette"! Ma è parola francese. Non la puoi usare in un testo inglese. Devi dire "mock up" per modellino, plastico...»

Restò ancora in ascolto. Sorrideva appena. Poi disse:

«Stasera no... neanche domani... e neanche in una data prevedibile.... Va bene... va bene. Non c'è di che. Ci sentiamo.»

Appoggiai le mani sul suo tavolo.

«Mila, mi perdoni. Ho ascoltato quello che diceva. Lei ha appena vinto un premio. È una copia di un libro che ho scritto. *Parliamo Itang'liano*. Contiene le cinquecento parole inglesi entrate nel management italiano. Glielo mando stasera.»

Sorrise.

«Grazie. Lo leggerò con interesse.»

Aggiunsi:

«Scusi l'intrusione. Fa proprio bene a non accettare inviti da chi dice "manèggement".»

L'intrusione non le era piaciuta. Però, prima che potesse rispondermi, il display sul suo computer lampeggiò. Lei mi fece passare subito dal suo capo. Pacciughi mi aveva fatto aspettare solo undici minuti. Torreggiava dietro la scrivania. La sua testa grigia con il crew cut e gli occhialetti sembrava uscita da una foto di mezzo secolo prima. Non si alzò quando entrai nel suo studio. Disse:

«Buongiorno, dottor Elliot. Si sieda.»

Scostò due faldoni. A parte una tastiera senza fili e un monitor piatto, sul tavolo lucido non c'era altro. Nascosi il mio odio per chi tiene sempre il tavolo sgombro. Tirò fuori i moduli che gli avevo lasciato. Li dispose sul tavolo e chiese:

«Quattro firme per modulo. Dico bene?»

Diceva benissimo. Controllai che le firme fossero ai posti giusti. Pacciughi fece scorrere la tastiera verso di sé. Batté su qualche decina di tasti in rapida sequenza. Disse:

«Tutto wireless ormai, eh?»

Voleva dire che tutti i suoi aggeggi erano connessi via radio. Annuii. Lui sbuffò:

«Però l'accesso è sempre lento. Sarà colpa della banca.»

Atteggiò la faccia a un'espressione di compatimento.

«Ho digitato la mia password, il numero del conto e l'importo. Digiti lei le coordinate del suo consorzio finanziario.»

Spinse la tastiera verso di me e girò il monitor. Inserii i dati mentre guardavo il monitor.

«OK. Fatto.»

Pacciughi guardò il monitor. Poi agitò ancora le dita sulla tastiera. Un paio di fogli coi dati della transazione gli scivolarono davanti dalla stampante. Fece un sorrisetto asettico.

«In questa società senza carta continuiamo a usarne tonnellate.»

Grande conversatore il Pacciughi. Gli strinsi la mano e uscii. Mila era di nuovo gelida.

«Buona giornata, dottor Elliot.»

La fissai intento.

«Ottima giornata, finora – e così spero di lei.»

Le porsi la mano, ma la ignorò.

Uscii sulla strada e mi diressi a piedi verso Santa Susanna. Mi ero ampiamente guadagnato la giornata. Potevo prenderla facile. Il tempo era meraviglioso. Né freddo, né caldo. Dovevano essere 18 gradi.

Pensavo che sarei potuto andare a guardare libri inglesi dal libraio di via Veneto. Avevo voglia di un romanzaccio di evasione. Scesi lentamente verso via Bissolati. Guardavo a destra l'edificio grigio del Museo di Mineralogia. Mi avevano portato a visitarlo tanti anni prima. Non era stata un'occasione entusiasmante.

C'era un camion fermo davanti al cancello. Un uomo in tuta blu sfilò uno scatolone dal pianale del camion. Se lo mise in spalla con uno sbuffo. Fece un passo e inciampò nel marciapiede. Allargò le braccia e lo scatolone cadde a terra con un rumore sordo e intenso. Si sfasciò e una quantità di lastrine di marmo rosso si sparsero sull'asfalto. Erano tutte uguali. Ai tempi antichi facevo il meccanico e per me è automatico stimare dimensioni e pesi di ogni oggetto che vedo. I pezzi di marmo avranno misurato 10 centimetri per 8 per 3. Un quarto di litro di pietra. Diciamo un chilogrammo l'uno.

Pensai che avrei potuto prendere un caffè in un bar. Scesi dal marciapiede per attraversare e stavo per essere travolto da un'enorme automobile nera – subito seguita da altre due vetture. Saltai indietro. Le tre auto ormai erano lontane venti metri. Mormorai:

«Limortaccitua – fottuti.»

Guardai se potevo attraversare in pace.

KA-BOOM

3.

L'esplosione fu assordante

L'esplosione fu assordante. La grossa auto nera era ferma. Aveva tamponato un camioncino. Subito dopo doveva essere esplosa una granata. Il cofano fumava e si era abbassato di un palmo. Dalle altre auto saltarono giù quattro uomini armati, ma crollarono al suolo falciati da raffiche di mitra. Erano in due a sparare – uno col Kalashnikov e uno con la pistola automatica. Avevano la testa avvolta in passamontagna grigi. Dalle auto di scorta avevano sparato pochi colpi – e avevano smesso subito. Quello col mitra diresse il fuoco sulla prima auto. La carrozzeria faceva scintille, ma non si bucava. I vetri si riempivano di venature. Sembravano porcellane *craquelé*, ma non si spaccavano. Pensai che avrei dovuto gettarmi a terra. Però era passato il momento. Non sparavano mica a me.

La situazione non mi riguardava davvero – e io disapprovo la violenza. Ricordo di aver mormorato:

«Disapprovare – un cazzo. Qua bisogna resistere, resistere, resistere.»

Afferrai una mezza dozzina di lastre di marmo e corsi avanti piegato in due. Quando ero dietro la seconda macchina di scorta, mi drizzai. L'attentatore più vicino a me era quello con la pistola. Lo vidi sparare lentamente tre colpi. Mirava con cura. Teneva l'arma con due mani. Si avvicinò di un passo all'auto e sparò ancora sulla maniglia della portiera. Era concentrato.

Mi avvicinai a pochi passi da lui. Presi la mira. Poi lanciai con forza tre lastre di marmo come se fossero coltelli. Ruotavano veloci intorno al baricentro. Le prime due lo colsero in faccia. Mollò a terra la pistola. Si stava portando le mani al volto. Il terzo pezzo di marmo lo colpì alla mano che sussultò. Mi buttai a terra e afferrai l'arma caduta.

Era pesante. Doveva essere una 45 o una calibro 9. La sollevai tenendola con due mani. Mirai al torace del terrorista col mitra e feci partire due colpi. Mentre sentivo il contraccolpo nelle mani, vidi la testa del terrorista che esplodeva in una nuvola rossa. Mi girai e sparai in una gamba a quello che avevo disarmato. Lui si copriva ancora la faccia con le mani.

La pistola era restata aperta col canotto tutto indietro. Niente più colpi. Ma ormai non mi servivano più. Vidi un carabiniere che correva verso di me. Imbracciava un mitra corto. Gridai:

«Fermo! Io non sono uno di loro! Ne ho fatto secco uno e poi non ho più colpi.»

Lasciai cadere a terra la pistola. Il carabiniere, dopo tutto, non ce l'aveva con me. Guardava qualcuno alle mie spalle. Sentii una raffica. La giacca blu del carabiniere si riempì di sangue. Io sentii un dolore orrendo alla spalla sinistra. Mi voltai. Ce n'erano altri due in moto. Uno buttò a terra un mitra e filarono via rombando.

Scivolai a terra. Il mio campo visivo diventò tutto nero.

4.

«Son las seis»

«Son las seis. Dijo el profesor – el cirujano – que no se va a despertar antes de las siete. Hay tiempo. Puedes irte...»

«Bueno. Me voy...»

Saranno state pure le sei. Non sapevo se di sera o di mattina. Più probabile di mattina. Ma di chi erano quelle voci femminili? Perché parlavano spagnolo? Qualcosa non andava.

Quando mi sveglio la mattina, parlo subito la lingua del paese in cui mi trovo. Almeno se la so. Il punto è che mi ricordo subito in che paese sono. Se sono a letto con una signora, mi ricordo subito il suo nome. Non c'erano signore a letto con me. Ma qualcosa mi impediva di muovermi. Ero legato? E quelle due voci femminili che parlavano scioccamente di un *cirujano* – un chirurgo? Dovevano essere infermiere. Forse stavo in un ospedale in California o in Florida. Assurdo. Non andavo in America da mesi. Stavo in Italia. Provai a parlare, ma la mia lingua sembrava fatta di carta vetrata. Gracchiai:

«*Soy yo que no tengo que despertarme hasta las siete?* Sono io che non mi devo svegliare prima delle sette?»

Mi raschiai la gola. Il rumore mi rintronava nelle orecchie.

«Be', il *cirujano* si è sbagliato. Sono sveglio.»

Accorsero premurose. Accesero una debole luce. Erano proprio infermiere. Io giacevo in un grande letto. Vedevo la testata di grossi tubi cromati. Vedevo un trespolo da cui pendeva una bottiglia di plastica. Ne usciva un tubicino che si perdeva in direzione del mio braccio. Dissi:

«*Agua – por favor. Y – donde estamos aquì?*»

Mi diedero da bere pochi sorsi con una cannuccia. Quella più giovane disse:

«E parla anche spagnolo! Ma non è inglesse?»

Risposi:

«Solo mezzo gringo. Ma mi spiegate dove sono?»

«Nella clinica Pio XI sulla via Aurelia. Ha avuto un'operazione. Le hanno ricostruito la scapola sinistra. Ricorda ora?»

Certo che ricordavo. Dovevo aver ucciso un terrorista. Però avevo sbagliato. Non erano solo in due. Era stato il terzo a beccarmi.

La porta della stanza si aprì senza rumore. Intravidi un uomo che entrava. Era in borghese. Sussurrò:

«È già sveglio, dottore? E di che cosa è fatto? D'acciaio inossidabile?»

Dissi:

«Ancora acqua. *Mas agua, por favor.*»

L'infermiera mi avvicinò il bicchiere con la cannuccia.

«Tiene che bere *muy poco. Mas tardes* – più tardi, sì.»

L'uomo si avvicinò. Era molto grosso. Portava un completo grigio. Forse sembrava grigio solo nella penombra. A ogni sua mossa dimostrava un ottimo tono muscolare. Perché non aveva il camice bianco?

Dissi:

«C'è un medico? Lei è un medico?»

L'uomo grosso parlava senza alcuna inflessione regionale.

«No. Non sono un dottore. Sono un agente della Digos. Riccardo Giorgi.»

«E che? Sono piantonato? Io ho sparato solo ai terroristi, no?»

L'agente venne vicino. Sorrideva.

«Lo sappiamo bene che ha sparato ai terroristi. E spara pure bene. Non è piantonato. Sono qui per proteggerla. I terroristi potrebbero aver seguito l'ambulanza. Per vendicarsi, no?»

Mormorai:

«Figli di puttana. Anche la vendetta. Che sono? Corsi? Se sparano, qualcuno può reagire. È naturale.»

Mi ero stancato a parlare tanto. Chiesi:

«Allora – 'sto medico?»

Arrivò quasi subito. Era un cinquantenne pelato con gli occhiali d'acciaio e la mascella quadrata. Mi sfiorò la fronte con le dita.

«Sono il dottor Lanciani. L'ho operata io. È andata bene. Nessuna lesione ai nervi. Un tendine spezzato, ma l'abbiamo legato a un fermo metallico inserito su tessuto osseo. La scapola era frantumata in vari pezzi. Ricostruita bene, però. Starà bloccato due mesi. Poi riabilitazione per due mesi. Ma riacquisterà una mobilità quasi totale. Altre domande?»

«Quando comincia il dolore?»

Scosse appena la testa.

«Mai. Ora è anestetizzato. Ma la terremo sotto controllo. Non sentirà quasi male. Un po' di noia. In ogni caso la consultiamo. E – complimenti per la sua forma fisica. Ha il corpo di un ventenne.» Esitò brevemente. «C'è solo un dettaglio che non mi piace nel suo polmone sinistro.

Si vede un'ombra nella risonanza magnetica. Probabilmente non è niente. Con calma, però, sarà bene accertarsi. Non c'è fretta.»

Tutti ottimisti. Tutti gentili. Tutti efficienti. Tutto regolare – per loro. Chiesi:

«Da quanto tempo sto qui?»

Lanciani rispose:

«L'operazione è durata quattro ore. È stato ricoverato sette ore fa. Ora le do un sedativo. Meglio dormire ancora.»

L'agente Giorgi aggiunse:

«Abbiamo informato il colonnello Borromeo. Risulta solo lui come familiare. Ma lo vedrà domani mattina.»

Il dottor Lanciani mi diede una pasticca. Era un sedativo potente. Scivolai nel sonno.

5.

Alvise torreggiava accanto al mio letto

Alvise torreggiava accanto al mio letto. Disse:

«Cretino. Ma che cosa credevi di fare? Ma come ti è venuto in mente?»

«Come mi è venuto in mente – cosa?» risposi.

Ero contrariato.

«Non ti hanno spiegato niente? Allora ti spiegherò perché sei un cretino! Tu hai salvato la vita a Silvio Berlusconi. Quei terroristi cercavano di far fuori il Presidente del Consiglio. Per salvarlo, manca poco che ci lasci la ghirba tu!»

Deve essere rimasto solo lui a dire "la ghirba", invece di "la pelle". Lo dicono quelli che hanno fatto la guerra in Libia, ma sono morti quasi tutti. Ma in genere Alvise non fa scherzi stupidi. Nella penombra della stanza non riuscivo a vedere la sua espressione. Mossi la mano destra in un gesto deprecatorio.

«Che cazzo dici, Alvise? Non sei spiritoso e qui nessuno mi ha spiegato niente. Parlano dello scontro a fuoco. Che scontro? Se non era per me, sparavano solo quegli altri. Ma – cristo! – non è possibile. Sii serio, per una volta! Io sto male e tu scherzi!»

Alvise fece una faccia stupita. Ero stato sempre rispettoso con lui.

«Jack! Tranquillo! Reggiti forte. Ma già, non puoi. Mi dispiace, ma è proprio come ti ho detto...»

Non riuscì a finire la frase. Trambusto di passi. Rientrò nella stanza l'agente Giorgi. Quello di ieri. Mi sussurrò goffamente:

«Dottore – c'è il Presidente del Consiglio.»

Attorniato da una piccola folla, Silvio Berlusconi entrò nella mia stanza. Sorrideva.

«Grazie. Grazie. Grazie, dottor Elliot.»

Sfiorò appena le lenzuola e aggiunse:

«Non tema. Non ho intenzione di batterle la mano sulla spalla. Dicono tutti che faccio gaffes, ma non faccio scherzi di mano.»

Aveva fatto sentire la esse finale quando aveva detto "gaffes". Rise forte. Io pensai che fare le corna dietro la testa di ministri stranieri è proprio uno scherzo di mano. Non dissi niente. Non gli feci nemmeno notare che in italiano le parole straniere sono indeclinabili. Non prendono la desinenza plurale. Lui continuò:

«Comunque, la sua mano, ora impedita, è stata la mano del destino. Questo destino non va trascurato. Lei sa che posso e so manifestare la mia gratitudine. Le devo la vita e non lo dimenticherò mai.»

Sollevò le braccia in un gesto teatrale.

«L'attentato è stato rivendicato dalle Brigate Rosse Combattenti. Sì: combattenti! Ha-ha. Ma lei ha combattuto meglio di loro. Eh! Hanno fatto come i pifferi di montagna, che vennero per suonare e furono suonati!»

Rise ancora. Io dissi:

«Non avevo idea di chi fossero. Non sapevo che in quell'auto c'era lei. Sono intervenuto perché disapprovo la violenza.»

Berlusconi rise ancora:

«Disapproviamo tutti la violenza esercitata dalle persone sbagliate. Ma lei non è stato certo non violento! Non è proprio un pacifista lei, eh? Una reazione pronta e violenta la sua, ma dalla parte giusta. È il solo modo di reagire contro chi prova a *sovvèrtere* il governo democratico. In genere si tratta di comunisti.»

Alvise si schiarì la gola. Non fece commenti. Berlusconi riprese:

«Azione militare la sua. Meriterebbe la medaglia d'oro. Non so, però, se si può dare a un civile. Una medaglia al valor civile, poi, mi parrebbe fuori luogo.»

Si accarezzò i risvolti della giacca e ripeté:

«Fuor di luogo. Ma lei è un tiratore scelto! Dove ha imparato?»

Non volevo raccontargli la mia vita. Però i calmanti dovevano aver abbassato le mie difese. Risposi:

«In America. Mi insegnò un sergente dei Marines. Si chiamava McTaggart.»

«Ah, proprio un *marksman*! Così si dice, no?»

Risposi brusco:

«No. *Marksman* è termine generico. Io ero uno *sharpshooter*. Con un fucile a canna lunga tiravo a un miglio di distanza.»

Rise ancora, strizzando gli occhi.

«A proposito di tiratori, sa la barzelletta dell'incubo del cacciatore? È buona. Il cacciatore racconta agli amici: "La notte scorsa sognavo di andare a caccia. Vedo un uccello su un ramo. Gli tiro. Non lo becco. Gli tiro ancora e lo manco. Non ho più cartucce. Allora l'uccello alza un'ala e tira fuori un fuciletto. Mi tira un colpo e mi manca. Tira un altro colpo. Sento che mi sta per colpire. Mi tira ancora. Dallo spavento mi sveglio e l'uccello mi tirava ancora."»

Il Presidente fece una risata troppo forte e ci guardò. Si attendeva nostre reazioni divertite. Io riuscii ad abbozzare un mezzo sorriso. Alvise, distinto e staccato, fece:

«Ha, ha.»

Con un residuo di sorriso sulle labbra, Berlusconi riprese:

«Ma parliamo di cose serie. Intanto, spero che mi perdonerà la caduta di tono. Perché vede, ho già provveduto a una piccola cosa formale. Da ora in poi anche lei è cavaliere – Cavaliere di Gran Croce. Poi pensavo all'Accademia dei Lincei. Non mi spiego come una personalità della sua levatura non sia ancora stata chiamata a farne parte. Ma questi sono solo piccoli segni. Faremo altro. So bene chi è lei – mi sono informato. Faremo grandi cose.»

Sorrise ancora.

«Per fare grandi cose, bisogna essere vivi. *Primum vivere, deinde philosophari.* E lei mi ha aiutato a restare vivo. È un pre-requisito importante!»

Si voltò verso Alvise.

«E questo signore è il colonnello Borromeo – suo zio materno, mi dicono? Piacere, colonnello. Vedrei anche lei coinvolto in una consulenza su problemi militari.»

Alvise fece un cenno di testa impercettibile.

«Grazie. Non credo sia il caso. Sono a riposo. Mi intendo solo di problemi militari vecchi di sessant'anni. E – sa – la guerra in cui dovetti combattere la perdemmo.»

Berlusconi sorrise. Strizzò gli occhi, che diventarono due fessure:

«So bene. So bene. Anche se a quel tempo ero bambino. Ma, dottor Elliot, riprenderemo i nostri discorsi più in là. Oggi ho dovuto forzare la mano ai dottori. Non mi volevano far passare. Per fortuna la mia carica ha i suoi privilegi...»

Stavo per dire che di privilegi se ne era scippati anche troppi. Invece mi venne un colpo di tosse. Il torace mi vibrava e la spalla mi fece un male cane. Alvise disse subito:

«Hai fatto una brutta smorfia. Dolore, eh? Dovremo lasciarlo un po' tranquillo.»

Il Cavaliere del Lavoro (come lo chiamava Alvise) assentì:

«Certo, certo. Questa è solo una prima visita. È una formalità. Me ne vado subito. Poi avremo tempo di riparlare. Riparleremo a lungo. Per oggi mi basta aver potuto esprimere la mia gratitudine. È un atto dovuto. E poi, consentitemi di dirlo, ho voluto gettare una prima pietra di un'amicizia che sarà duratura. Proprio come diceva quel poliziotto francese – quel flic – a Humphrey Bogart. Avete visto bene il film, no? *Casablanca*? Il flic butta nella spazzatura la bottiglia d'acqua di Vichy. Poi dice l'ultima battuta "Questo può essere l'inizio di una bella amicizia!" Che film! L'ho visto tante di quelle volte. Avevo anche pensato a un remake. Ma sono stato indaffarato in tutt'altre faccende. Avrete fatto caso che stiamo rifacendo l'Italia. Un remake più importante, eh? Stiamo proprio cambiando tutto, tutto, tutto. Non c'è bisogno di entrare in dettagli ora...»

Mi venne in mente una poesiola che diceva mia nonna. Se un ospite diceva: «Ora devo andarmene» – e non passava mai la porta, lei dopo commentava:

«*A very good friend is Mister Rose:*
Whenever he says he goes – he goes!»

Avrei potuto tradurgliela:

«Buon amico il signor Zappalà:
Quando dice che se ne va – se ne va!»

Ma non era il caso. Purtroppo mi hanno educato bene da bambino. Rimase ancora per una ventina di minuti. Poi finalmente sparì con tutta la sua squadra. Anche l'uomo della Digos uscì. Alvise fece un sorrisetto tirato.

«Pentito, Jack? L'hai fatta grossa.»

Dissi:

«La Madonna sarà stata una signora. Però se la bestemmio, spero bene che non mi schiaffeggerai. Sono ferito. E non mi batto in duello, e con te meno che mai.»

Alvise ghignò.

«E il peggio deve venire. Dovrai sopportare la convalescenza. E, insieme, dovrai sopportare la gratitudine del Cavaliere del Lavoro. Sarà dura.»

Dissi:

«*Don't rub it in!* Non mettere dita sulle mie piaghe.»

Alvise alzò le due mani insieme.

«Io rispetto le tue ferite e la tua sensibilità. Però vedrai che gli altri hanno meno tatto. Vuoi vedere un giornale? Danno tutti la storia in prima pagina.»

Mi accorsi solo allora che ne aveva un fascio sotto il braccio. Dissi:

«Non potrei nemmeno sfogliarli. Leggimi qualche pezzo.»

Rispose:

«Posso fare di meglio. Hai una radio qui. Possiamo sentire Radio Radicale. Dovrebbe essere l'ora giusta per la rassegna stampa di Bordin. La sento spesso la mattina. Mi pare la migliore.»

Accese la radio e fece una rapida ricerca. Una voce leggermente romanesca diceva:

«... non sono stati ancora identificati.» Breve pausa. «Anche *Repubblica* titola a piena pagina con caratteri di scatola *Attentato BR a Berlusconi*. Subito sotto, in corpo 30, *sventato da un finanziere italo-americano*. Il fondo di Scalfari è un'analisi del nuovo terrorismo e della sua inefficienza. Di spalla un pezzo piuttosto corrosivo di Curzio Maltese. Si chiede Maltese se sia un caso che un capitalista americano protegga il Cavaliere per la sua fedeltà al governo USA.»

Dissi:

«Spegni, Alvise. Fammi il piacere. Mi paiono ridicoli. Poi, cristo, mi mettono uno della Digos a proteggermi e intanto danno il mio nome ai giornali. Magari stampano anche il mio indirizzo di casa. C'è anche una foto?»

«Certo, Jack. Un paio formato tessera. Un'altra mentre parli in pubblico. Ci sono anche tue biografie. Molto informate... Già direttore elaborazione dati alla Banca Nazionale dell'Industria. Poi c'è tutta la storia dell'attacco terroristico alla banca e di quello che hai fatto fuori. Sono passati dodici anni, ma hanno tirato fuori tutti i giornali dell'epoca.»

Obiettai:

«Quelli che attaccarono la banca non erano terroristi veri. Erano ragazzi. Li aveva messi su il padre di uno di loro. Era pure un dirigente della banca.»

Alvise sogghignò.

«Non entrano in dettagli. Però il *Manifesto* si chiede se la professione di promotore finanziario del dottor Giacomo Elliot non sia una copertura di una connessione più stretta con la CIA... Dicono: "Non è credibile che un esperto informatico sia così micidiale. Uno che entra in azione appena ci sono terroristi nei paraggi e li distrugge. Lo fece dodici anni fa e lo ha rifatto oggi. È un segno ovvio che si mantiene in addestramento costante".»

Esitò.

«Qui non gli do tutti i torti. È vero che ti sei comportato come un ex berretto verde. Va bene che ti tieni in buona forma fisica. Però non capisco nemmeno io come hai imparato.»

Sbuffai.

«Saranno casi. Anche 'sti terroristi non sono tanto micidiali. Quei due in treno si sono fatti beccare dalla polizia ferroviaria.»

Alvise fece una faccia compunta.

«Mi dispiace, Jack, raccontano anche la storia della disgrazia di Fiorella e di tuo figlio. Commentano che sei un attrattore forte per le tragedie.»

Imprecai volgarmente. L'infermiera spagnola giovane era apparsa sulla porta con una bacinella in mano. Fece un passo indietro e riapparì dopo qualche secondo. Guardò Alvise.

«Dobbiamo fare un'iniezione. Può uscire per un attimino?»

Alvise obbedì. Lei fece la puntura. Poi mi regalò un sorriso largo.

«È proprio un eroe, dottore – *verdad*?»

Grugnii.

6.

«C'è una visita per lei»

«C'è una visita per lei» mi disse Maggiani fermo sulla porta. Era un altro uomo Digos che si alternava con Giorgi. Anche lui era un atleta. Era scuro di pelle e portava i baffi. Sembrava un iracheno. Sorrise.

«Ormai sta meglio e i medici hanno dato il permesso. Le farà piacere. È un suo vecchio amico.»

Si scostò dalla porta e fece passare Luigi Filippi. Non lo vedevo da vent'anni. Non mi faceva tanto piacere vederlo. Eravamo stati molto amici da adolescenti. Poi eravamo andati per strade diverse. Lui era medico. Era grassoccio. Era una persona convenzionale. Ricordavo vagamente che era dedito alle reminiscenze di eventi poco interessanti. Entrò con le mani tese e le braccia aperte. Poi vide che non era il caso di abbracciarmi. Esclamò:

«Giacomino! Ti ricordi che ti chiamavo sempre Giacomino? Ti dicevo: "Pensaci Giacomino" e ti seccava parecchio. Ti ricordi?»

Fece la faccia seria.

«Non temere che non intendo ricominciare! Mi dicono tutti che ti chiamano Jack, vero? Niente! Ho saputo di tutto questo ambaradàm che è successo. Ma, al solito, te la sei cavata benissimo: alla grande! Il vecchio Giacomo! Quante cose ricordo di te! E tu magari te le sei dimenticate tutte! E lo capisco – sai? – perché tu ne combini sempre tante che le ultime cose che fai, gli ultimi successi – lasciamelo dire! – nella tua mente in qualche modo fanno sparire, minimizzano le azioni e i successi precedenti anche se per nulla affatto trascurabili. Sei sempre stato straordinario! Non so se dire una buona pezza o un bel tomo!»

Le persone esclamative mi contrariano. Non avevo detto una parola. Avevo poco da dire. Potevo fingere di essere spossato. Potevo pregarlo di lasciarmi solo. Invece dissi, controvoglia:

«Sei stato gentile a venire...»

Interruppe subito:

«Ma che gentile! Ti pare che ne avrei potuto fare a meno? E non sono venuto certo per offrire l'aiuto modesto della mia professione. No, no: non ti consiglierei mai di metterti nelle mani del dottor Filippi! Poi da troppo tempo mi occupo solo di cose organizzative e di questioni generali, di principio se vuoi. Faccio parte del Comitato Nazionale di Bioetica e ho già il mio daffare. Poi conosco bene Alberto Lanciani e ti posso confermare che non potevi capitare meglio. Ma che parlo di capitare? Non ci sei certo capitato per caso! A quanto ho trasentito non ti eri nemmeno accorto sul momento di quel che stavi facendo, né di chi stavi salvando. È stato un colpo di fortuna per tutti – come dire? – questo... cumulo di circostanze che ti ha portato a essere proprio nel punto giusto al momento giusto. Come si dice in americano? *The right man in the right spot*? L'uomo giusto al punto giusto, no? Comunque, dicevo, non è difficile immaginare che il Presidente ha voluto assicurarti le cure migliori possibili. Bene, bene, bene.»

Scivolai di colpo nei toni che usavo con lui da ragazzo.

«Ah Giggi! Ma non sputi mai?»

Rise forte.

«Ecco quel che volevo sentire! Lo spiritaccio caustico per il quale era famoso il nostro Giacomino Elliot. Me lo dovevo aspettare che non saresti cambiato di un ette.»

Si guardò attorno.

«Bella stanza. Ottima clinica, eh? Il meglio. Sto pensando di venire qui anch'io perché devo sottopormi a un piccolo intervento. Niente di grave, ma una cosa un po' noiosa...»

Lo bloccai prima che potesse fornirmi dettagli.

«E che ci fai nel Comitato di Bioetica? Che comitato è?»

Sorrise compiaciuto.

«Anche io ho i miei modesti successi, eh? Ci occupiamo di OGM, sai?: organismi geneticamente modificati. In qualche modo ci occupiamo anche di trapianti, di clonazione, di diritto alla vita – come dire? – le solite cose di cui parlano tutti. Noi, però, abbiamo una missione importante perché chi è in grado di dettare legge oggi in Italia è la maggioranza e, quindi, il lavoro che facciamo è – come dire? – di informare (non vorrei dire di guidare) la formazione politica più importante della maggioranza: Forza Italia.»

Prese fiato e ripartì subito. Non sputava proprio mai.

«Questo inciso – o inciso nell'inciso – mi porta a toccare una delle ragioni della mia visita. Non ti rivelo la fonte, ma capirai che fra il partito e la comunità, la fratellanza medica (non chiamiamola "mafia" e nemmeno "cricca" per l'amor di Dio) ne vengo a sapere tante. Una delle cose che sono venuto a sapere – come dire? in via riservata e senza dettagli – è che il Presidente ti ha accennato a collaborazioni, incarichi: so molto! Non c'è bisogno che ti dica che in qualche modo le aperture potrebbero essere interessantissime per una persona della tua competenza. Abbiamo fatto qualche domanda qua e là, naturalmente. E così sarebbe venuto fuori che tu non sei iscritto a Forza Italia. Non è una controindicazione, per carità, ma – come dire? – capisci bene che una tua iscrizione, anche tardiva, potrebbe spalancare porte e spianare il terreno a incarichi non solo professionali. Non voglio parlare di onorificenze – ma, a proposito, che effetto fa essere Cavaliere di Gran Croce? C'è gente che ci pena una vita per arrivarci. Eh? Eh, che mi dici?»

Mi schiarii la gola rumorosamente. Poi dissi:

«La gran croce non so nemmeno che cazzo sia. 'Sto cavalierato mi sa di operetta.»

Fece un gesto con la mano come se spazzasse via qualche cosa fra di noi.

«Va be', va be', questo lo immaginavo. Le reazioni paradossali sono il tuo contrassegno, la tua sigla. Ma sul punto cruciale che mi dici? Ti faccio preparare la tessera di Forza Italia?»

Sorrideva. Lo feci aspettare per parecchi secondi. Poi dissi:

«No.»

Perse la calma.

«Ma come no? Ma ti rendi conto di quanto potrebbe essere vantaggioso per te? Anche per noi, ma per te – per te! Che cosa sei diventato? Comunista? Sinistrorso? Rifondarolo? Ma qualunque cosa tu sia diventato, non capisci quanto ti converrebbe? Che vuoi buttare via il ben di Dio?»

Mosse le mani insieme come se si stesse buttando qualcosa dietro le spalle. Poi sussurrò:

«Ma lo sai, no? non ti rivelo nessun segreto, se ti dico

che ormai è un vero e proprio plebiscito. Sono venuti tutti con noi! Comunisti sfegatati. Liberal-chic. Repubblicani. Socialisti – senza neanche dirlo. Democristiani di sinistra. Alcuni fanno la fronda, no? Ma hai letto i libri di storia! Al tempo del fascismo chi stava nel GUF, i Gruppi Universitari Fascisti, faceva la fronda indisturbato. Possiamo dire che c'era più libertà di parola allora che dopo. E anche adesso c'è libertà da noi. Siamo i veri liberali!»

Non reagii affatto. Lui alzò la voce di nuovo.

«Guarda, Giacomo, non ti darò pace, ma tu devi venire dalla parte nostra. Guarda che sono un osso duro, una brutta bestia, non mi arrendo facilmente. E poi ho dalla parte mia la ragione, la convenienza, il diritto. Ma lo sai che mi ricordo bene della tua povera mamma: una signora tanto, come dire? tanto signora – scusa il bisticcio –, così superiore. Lei sarebbe felice di vederti fare questo passo, se ci fosse ancora.»

Ansimava. Gli dissi:

«Luigi Filippi, ti ricordi come ti chiamavamo per assonanza con quel re francese? Il re della restaurazione del cazzo. Be' non ti smentisci. Io non ho nessuna delle affiliazioni che hai citato. Tu, invece, sei iscritto all'APRICAGE. Non lo negare.»

Fece violenti gesti di diniego.

«Ma no, Giacomo: che dici? Che cosa è l'APRICAGE? Una loggia massonica deviata? Una cosa come la P2? Non appartengo a niente di simile! Non mi giudicare male. Chi ti ha messo queste idee in testa? Questa è diffamazione. Ti dico che non appartengo...»

Lo interruppi e gli dissi lentamente:

«Appartieni, appartieni. Sei socio onorario. L'APRICAGE è un gruppo potentissimo con diramazioni ovunque. Ha un'attività intensa ed efficiente. È l'Associazione Per Rompere I Coglioni A Giacomo Elliot.»

Assunse un'espressione offesa e si avviò verso la porta.

«Va be', va be', ascrivo la tua maleducazione alle tue attuali condizioni di salute. Ne riparleremo con calma. Quando la causa è giusta, io non demordo.»

7.

Mi ero fatto portare il mio computer

Mi ero fatto portare il mio computer portatile. Era installato su un vassoietto a quattro zampe – come un ponte che mi scavalcava il corpo. Ancora non l'avevo messo in funzione.

Giorgi entrò nella stanza. Aveva la bocca tirata in un sorriso molto largo.

«Mi scusi, dottor Elliot. Non avrei dovuto assentarmi affatto. In cinque minuti, però, ho fatto tutto. Hanno anche la linea ADSL. Ho chiamato il suo provider e dovrebbe essere tutto a posto ora. Può stare collegato ventiquattro ore al giorno.»

Gentile e competente questo Digos.

«Grazie, Giorgi. Però smettiamola con "dottor Elliot". Mi chiamo Jack. Tu ti chiami Riccardo. Diamoci del tu. Pare che dovremo stare insieme spesso almeno per un po', no?»

Prese un'espressione incerta.

«Sì, va bene. Anche se non sono abituato. Finora le persone che ho scortato tenevano le distanze. Mi imbarazza un po' ma ci provo.»

Si avvicinò e accese il computer.

«La password devi metterla tu, Jack.»

Con la mano destra digitai sei simboli. Poi cliccai sull'icona dell'ADSL e cominciai a ricevere posta. C'erano un centinaio di e-mail. Quasi tutte immondizia. C'era una mail della famiglia di un ex presidente africano. Mi offrivano tre milioni di dollari, se li aiutavo a incassarne trenta da una banca svizzera. Non avevo voglia di cancellare tutto quello spamming. Scorsi i nomi dei mittenti. C'erano alcune mail di lavoro del giorno dell'attentato. C'erano tre messaggi di colleghi che si congratulavano della mia sopravvivenza. Uno ci scherzava pure. Più sotto c'era un messaggio di Mila.Manara. Diceva:

mila.manara@tiscalinet.it

Caro Dr. Elliot,

ho letto dei drammatici eventi in cui è stato coinvolto. Sono contenta che sia andata a finire relativamente bene. Spero, inoltre, che rifletta: quando si trova davanti terroristi che sparano, un manager efficiente dovrebbe essere più prudente. Se no scade nel "manèggement"!

Capisco bene che non potrà mandarmi il libro di cui mi ha parlato, almeno per ora. Spero che si ristabilisca prestissimo e che subito dopo mantenga la sua promessa.

Con i miei migliori, cordiali auguri

Mila

Simpatica. Lettera concisa e gentile. Si era ricordata dei miei commenti alla sua telefonata. E aveva messo "manèggement" fra virgolette. Non era più contrariata. Dava segno di una guardinga complicità. Forse c'era speranza. Risposi subito:

cara mila,
grazie. la sua mail mi ha fatto molto piacere. per fortuna le mie esperienza con terroristi si verificano a scadenze pluriennali. queste ultime sono state spiacevoli per più motivi di uno. comunque le considero positive dato che hanno evocato un suo messaggio.
le farò mandare il mio libretto anche prima di rientrare in circolazione.
mi scusi del mancato uso di maiuscole – è scomodo digitarle con una mano sola
best
jack

Ero stato incerto se scrivere "love" oppure "best". In inglese uno può chiudere una lettera con "love" – e non vuol dire necessariamente "con amore". Può essere sinonimo di "con affetto". Ma era meglio non correre rischi.

Mandai via il messaggio. Poi cercai di distrarmi. Provai a sviluppare alcune ipotesi di quanto avrebbe potuto rendere a Pacciughi l'investimento che aveva fatto. Feci girare uno dei software sviluppati dalla mia finanziaria. Però non mi divertivo tanto. Provai a comporre un messaggio per il manager dei fondi azionari, ma a metà la macchina si bloccò. Con una mano sola non riuscivo a riavviarla battendo CTRL + ALT + CANC. Giorgi, gentile, eseguì lui quell'operazione. Poi chiese:

«Che faccio, dottor Elliot? Vuole che riparta?»

«No, grazie. È troppo noioso. Metti via tutto, Riccardo, se non ti spiace.» Feci una pausa. «Ricca'. Vedi che sei scivolato di nuovo a darmi del lei. Sta attento.»

Ero irritato. Mi stancavo troppo facilmente. Avrei chiesto al dottor Lanciani se mi davano ancora sedativi. Lentamente caddi nel sonno. Credo fossero passati solo pochi minuti quando riaprii gli occhi. In piedi accanto a me c'era Alvise. Dissi:

«Ciao, zio.»

Non lo chiamavo mai così. Aggiunsi:

«Che notizie?»

Si schiarì la voce.

«Rivendicazioni. Abbiamo le rivendicazioni degli attentatori. Molto verbose. Vuoi che te le legga?»

«Leggi un po'. Non ho molto altro da fare.»

Alvise sospirò.

«Anch'io non ho molto altro da fare. Me le sono lette quasi tutte queste Brigate Rosse. Sai che sono molto preciso. Ho trovato interi paragrafi ripetuti più volte in uno stesso testo. Senti questo: "*... Il governo Berlusconi ha in generale impostato e gestito il suo indirizzo programmatico qualificando come aspetto prioritario l'approfondimento del processo di complessiva ristrutturazione e riforma del sistema economico-sociale articolando su tempi necessariamente lunghi i passaggi rivolti a dare attuazione alla riforma del titolo V della Costituzione. Rispetto a questo punto la coalizione di governo ha una sua base programmatica che ha come terreno di unità politica l'attuazione di una riforma della forma dello Stato e del governo da combinare con l'avanzamento del processo di ristrutturazione economico-sociale*". È scritto tanto male da essere privo di significato. Be', a distanza di trenta pagine lo hanno riscritto tale e quale.»

Abbassò il giornale e mi guardò fisso.

«Hai gli occhi semichiusi. Ti capisco. Questi poveretti sono violenti e noiosi. Non hanno idea dei difetti e dei disegni di Berlusconi. Scrivono bischerate senza mordente e poi sparano. Dovrebbero leggere le critiche centrate e corrosive degli economisti e dei giornalisti seri: Paolo Sylos, Travaglio, Bocca. Se le capissero, poi spiegherebbero bene le loro aggressioni. Invece, sembrano impiegatucci amministrativi che sollevano obiezioni formali... e sparano.»

Assentii distrattamente.

«Credo che neanche uno di loro sappia bestemmiare. Pensa che invettive blasfeme scriverebbe un brigatista rosso livornese. Te le risparmio, se no poi mi sfidi a duello.»

Mi accorgevo di parlare in modo sfocato. Dovevo essere pieno di analgesici. Dissi:

«I brigatisti rossi non sanno usare le parole. Sono come certi neri americani rivoluzionari. Bruciavano le città e per insultare i bianchi, non trovavano di meglio che chiamarli "whitey". Pensa tu. Aggiungevano solo una y a "white". Come dirgli "bianchetti".»

Alvise chiese:

«Te ne leggo un altro pezzo?»

Senza attendere conferma disse:

«Senti come parlano di loro stessi: "*... Il processo di costruzione politica, programmatica e di fabbricazione organizzativa del Partito Combattente non è affatto lineare, evoluzionistico, affidato al tempo, ma al contrario è un processo discontinuo, dialettico, prodotto cosciente di un'avanguardia politico-militare che, nel complesso fenomeno della guerra di classe, afferma la validità della prospettiva strategica e del programma comunista che sostiene e l'adeguatezza dello strumento organizzativo necessario per realizzarlo*".»

«Alvise, basta! Mi rincoglionisci con questa roba!»

«Va bene. Ti leggo solo i passi salienti. Parlano di te. Prima in tutte maiuscole: "*ONORE A TUTTI I COMPA-*

GNI E COMBATTENTI ANTIMPERIALISTI CADUTI" Poi continua: "... *Onore in particolare ai due compagni caduti nell'azione militare del 7 marzo e mirante alla liquidazione del nemico del popolo lavoratore Silvio Berlusconi nell'intento di bloccare i suoi tentativi reazionari di stabilire un regime imperialista-capitalistico strettamente collegato alla struttura Nato e ai disegni egemonici degli Stati Uniti per degradare la democrazia già in via di dissoluzione in quel paese. Non citiamo i nomi dei due compagni caduti perché la loro origine e la loro clandestinità sono ancora segreti militari. Annunciamo già che il sicario Elliot vilmente dissimulato dietro una pretesa professione finanziaria sarà giustiziato a breve termine dalla giustizia proletaria delle Brigate Rosse per la costruzione del Partito Comunista Combattente*".»

Ora ero del tutto sveglio. Dissi:

«Cazzo, aveva ragione Riccardo Giorgi. Questi si vogliono vendicare davvero.»

Alvise disse con voce acida:

«Non ti preoccupare che ti difende il Cavaliere del Lavoro.»

Giorgi era stato in un angolo nella penombra. Intervenne:

«Modestamente ci proviamo noi a proteggere Jack. Speriamo anche di riuscirci.»

8.

I giorni passavano monotoni

I giorni passavano monotoni. Qualche telefonata. Un'e-mail gentile del dottor Pacciughi, che chiedeva anche con quale dei miei colleghi doveva stare in contatto ora. Tre visite al giorno dei dottori, che mi facevano stare anche in poltrona qualche ora. Leggevo qualche giornale. Non guardavo la televisione. Parlavo con Giorgi, con Alvise e con altri della Digos di cui non ricordavo i nomi.

Una mattina verso le dieci entrò nella mia stanza un infermiere coi baffi. Non lo avevo mai visto. Aveva un tono falsamente gioviale:

«Bongiorno, dottore! Ci facciamo un viaggetto! Una visitina in radiologia!»

Chiesi:

«Perché? Il dottor Lanciani non mi ha avvisato.»

«Si sarà scordato. È proprio lui che vuole vedere i progressi, no? Io, poi, eseguo gli ordini. Non so niente: sto coi frati e zappo l'orto!»

Rise forte.

«Non si preoccupi che facciamo in un momento. Partiamo col letto e tutto.»

Armeggiò intorno alla testata del letto, tolse il freno e cominciò a spingerlo. Le ruote erano ben lubrificate. Non facevano nessun rumore. Quel giorno c'era Maggiani a farmi la scorta. Uscì nel corridoio per primo e si fermò a metà strada verso l'ascensore. Stava appoggiato al muro bianco e si guardava in giro.

Più avanti vidi un altro uomo in camice bianco. Un altro infermiere, forse. Invece si girò di scatto. Fece due passi rapidi verso di me. Tirò fuori da sotto il camice un oggetto nero. Subito Maggiani gli si scagliò contro e si abbracciò a lui con una mossa da orso. Caddero insieme. Maggiani diede una manata all'oggetto nero che volò via. Fece un rumore sordo battendo contro il muro. Era una piccola telecamera. Il presunto infermiere disse ansimando:

«E che cazzo? Sono un giornalista!»

Maggiani, ancora in ginocchio, gli torse le braccia dietro la schiena e lo ammanettò. Disse calmo:

«Lei è in arresto.»

L'uomo a terra urlò:

«Ma sono un giornalista! Lo vuole capire? Non facevo male a nessuno! E che modi sono?»

Maggiani tirò fuori un telefono cellulare e spinse un bottone.

«Qui Maggiani. Una piccola emergenza. Ho operato un arresto. Individuo di sesso maschile che sostiene di essere un giornalista. Aveva una telecamera. Attendo intervento.»

Poi fece un cenno con la testa all'infermiere.

«Torniamo in stanza. La radiografia è rimandata. Spiacente.»

L'infermiere obiettò:

«Ma il dottore ci aspetta. Come facciamo?»

Però sospinse di nuovo il mio letto in camera. Maggiani era piazzato fra me e il mondo esterno. Disse:

«Lo avvisi. È un'emergenza.»

Poi si rivolse al giornalista ancora a terra, che aveva ripreso a urlare:

«Zitto lei. In clinica si parla a bassa voce e non si fanno scherzi. Ha commesso un errore. Zitto e buono.»

Mentre aspettavamo l'intervento richiesto da Maggiani, gli dissi:

«Avevo pensato che la vostra scorta fosse inutile. Ma anche se quello avesse avuto un'arma, lei lo bloccava in tempo.»

Maggiani rispose serio:

«Certo, ma se erano in due, ce la facevano. La sicurezza agli ingressi qui è inesistente. Dovremo raddoppiare la scorta.»

9.

“Finalmente una faccia amica”

“Finalmente una faccia amica” pensai. Era entrato nella mia stanza un omone alto e asciutto. Sembrava in buona forma fisica, anche se doveva aver superato i settant’anni. Alistair Hershom. Quando ero bambino lo chiamavo *uncle Alistair* – zio. Era un buon amico di mio padre e anche di Alvise. Doveva essere stato Alvise a garantire per lui. Gli uomini della scorta non lo avevano bloccato.

Alistair Hershom era da decenni il corrispondente da Roma del *Financier*, il prestigioso settimanale britannico di economia e finanza. Parlava un italiano fluente e colloquiale, anche se spesso cercava di trasporre espressioni idiomatiche inglesi. Il suo inglese era tanto britannico da sembrare caricaturale. Aveva sempre storie divertenti da raccontare.

Era uno dei pochi che ritenevo capisse veramente qualcosa di economia. Alvise mi aveva detto che riusciva anche a guadagnare un sacco di soldi speculando in borsa e sui cambi. Aveva una vita sociale intensa. Invitava spesso a cena a casa sua amici e persone importanti. Era anche un cuoco straordinario. Era scapolo e pare che avesse avuto lunghe storie con donne bellissime e famose. Non le menzionava mai. Di lui dicevano *Inglese italianato è diavolo incarnato*.

Alistair portava una giacca di tweed e una cravatta reggimentale. Ricordavo vagamente che tanti anni fa mi aveva ripreso perché portavo una cravatta scozzese. Mi aveva detto:

«Ma tu non ti chiami McRae!»

Avevo risposto:

«Certo che no. Come ti viene in mente?»

«La tartana della tua cravatta è Hunting McRae: il disegno che portavano in quella famiglia quando andavano a caccia. Tu non dovresti portarlo. Sarebbe come se dessi in giro il biglietto da visita di un altro.»

Ricordando quel discorso, dopo qualche convenevole gli chiesi:

«*What is the pattern of your tie?* Che disegno ha la tua cravatta?»

Rispose distrattamente:

«*Royal Fusiliers*, sai, i fucilieri reali. Era il mio reggimento» continuò subito. «Alvise fa continuamente scherzi sul tuo *derring-do* – il tuo atto di coraggio. Non credo che ti faccia piacere. Io me ne asterrò, no? Ma mi dice Alvise che la polizia teme per te. Brutta storia. Questi terroristi sono avversari antipatici. Non ti invidio.»

Provai a produrre un'alzata di spalle con aria di sufficienza e sentii un dolore tremendo a sinistra. Meglio esprimersi con parole.

«C'è poco da fare. Li ho danneggiati. Sono vendicativi. Vedrò di stare attento.»

«*Do that by all means* – fai proprio così! Alvise mi dice che hai anche altri problemi. Come quello di resistere alle manifestazioni di gratitudine di tu-sai-chi.»

Annuii.

Alistair sorrise:

«Parli poco, eh? Non ti biasimo. Mi ricordi quello che

Sir Henry Wootton, ambasciatore britannico presso la Repubblica Veneta, consigliò a Milton quando venne in Italia nel 1630: *Pensieri stretti e viso sciolto*. Proprio così: glielo scrisse in italiano.»

Poi mi intrattenne per quasi un'ora. Mi raccontò vecchie storie di spionaggio: Kim Philby e James Jesus Angleton; il dossier Mitrokhin; la famiglia Bush; la faida *Economist*-Berlusconi; pettegolezzi su persone note e meno note. Divertente. Meglio che andare al cinema.

Alla fine si alzò in piedi di scatto e disse:

«Incidentalmente.» Pausa. «Ho una casa vicino a Cerveteri. In cima a un cocuzzolo. Lontana, staccata da tutti. Facile proteggerla, no? Ho un buon sistema di allarme, *what*? Se vuoi passarci la tua convalescenza, sei il benvenuto. Non esitare, *what*? Naturalmente è ben connessa. C'è anche ADSL, così ti colleghi a Internet ad alta velocità.»

Esitai.

«Grazie. Non so. Stare così isolato non mi entusiasma. Forse dovrei.»

«Non ti piace la campagna?»

Devo aver fatto una faccia contrariata. Lui rise forte.

«Ah, certo. Sei come tuo padre. Diceva che la campagna è un luogo umido dove si trovano uccelli crudi. Però facci un pensiero sopra, *what*? Almeno gli uccelli crudi non cercano di farti fuori. E gli uccelli cotti li cucina molto bene la mia vecchia Fema. Strano nome, no? Sta con me da anni. È una *fixture* – un accessorio – della casa.»

Tirò fuori dalla sua borsa alcuni tascabili e li appoggiò su una sedia.

«Questi sono libracci. Roba di evasione, sai, thriller. Li leggi e li dimentichi, ma ti scaricano la mente.»

Poi tirò fuori un libro rilegato, nuovo, e lo mise sopra gli altri.

«Questo è Krugman. *The Great Unravelling...*» esitò, «la grande dipanazione – si può dire? – nel senso di dipanare, sbrogliare questa confusione tremenda e pericolosa nella quale ci troviamo. Ma credo che Krugman intendesse dire piuttosto il grande sfascio. Per il caso che tu voglia pensare a cose serie.»

Mi guardò assentendo lentamente.

«*Yes.* Mi ricordo di te come di una persona seria.» Esitò a lungo. «Se posso permettermi, però, credo che tu sia stato sempre un po' troppo duro con te stesso. *Not a bad trait, what?* Non è un cattivo tratto del carattere, no? Sempre meglio che essere un mollaccione inconcludente. Ma stacci attento. Potresti anche eccedere. Se non ti tratti bene tu stesso, non troverai troppa gente disposta a trattarti bene.»

Fece un cenno di testa e si avviò. Sulla porta, si voltò indietro un attimo e disse:

«*Take care.* Prenditi cura di te... ma in italiano è meglio dire "stammi bene", no?»

10.

«Mi trema tutto il pizzo della camicia»

«Mi trema tutto il pizzo della camicia» dissi, guardando freddamente negli occhi Benito Terzaghi. Lui non capiva. Aveva gli occhi persi e volti verso Luigi Filippi.

Luigi fece una risatina forzata.

«Hehehe! Benito: tu non lo puoi capire Jack, perché sei lombardo. Vedi: Jack è mezzo americano ma gli piacciono le battutacce romanesche. Ha solo detto – ironicamente – che trema tutto. Come dire? Proprio per sottolineare il contrario – che non gli fai paura. Ma qui non si tratta di paura, Giacomino. Benito non ti voleva fare paura. Stava solo parlando in generale, così – come dire –, per esaminare le varie alternative...»

Continuava a parlare, Luigi Filippi, ma non lo ascoltavo più. La sua voce monotona era un ronzio indistinto. E ripassavo le cose dette nelle ultime due ore.

Filippi era apparso di nuovo nella mia stanza senza preavviso. Avevo sentito la sua voce nel corridoio. Allora avevo detto a Giorgi:

«Ricca', che cavolo di protezione mi date? Fate passare chi vi pare a voi, non chi voglio io!»

Giorgi aveva allargato le braccia. Aveva detto in tono di scusa:

«Ahò! Eh!»

Ovviamente aveva obbedito a ordini superiori. Non era stata una decisione sua.

Filippi, appena entrato, aveva appoggiato una mano sulla spalla di Giorgi e lo aveva spinto nel corridoio. Poi aveva fatto entrare un ex biondo, pelato, smilzo, con occhiali cerchiati d'acciaio e aveva chiuso accuratamente la porta. Infine aveva spinto le mani in avanti agitandole.

«Ciao, Giacomo. Ti trovo bene. Però ti avevo avvisato che tornavo, che non demordevo, eh! E questa volta mi sono portato l'alleato potente – ti presento Benito Terzaghi. Dovrei dire "il" Benito Terzaghi, proprio lui in persona. Sai chi è, no? Megadirigente Fininvest. Cosa sei ora? Direttore Centrale con delega. Senatore. Capogruppo consiliare – dove? Ma mi fermo qui. Non voglio fare confusione. E poi, lascio parlare te, Benito. Come non hai bisogno di presentazione, così non hai bisogno di interpreti.»

Alzai una mano a frenarlo.

«Vi posso dare pochissimo tempo. Le mie condizioni di salute sono tali che... Non mi devo affaticare. Poi attendo la visita del Professore...»

Terzaghi assentì ripetutamente.

«Sì, sì, sì! Mi rendo perfettamente conto e mi scuso dell'intrusione. Mi scuso tanto più sinceramente perché so bene, sappiamo tutti bene, a quale intervento risolutivo ed eroico sono dovute le sue attuali difficoltà fisiche, certo temporanee. Le faccio i miei migliori auguri di un pronto ristabilimento...»

Filippi lo interruppe.

«Scusa, Gia', mi permetto di interloquire per fare una

profezia – una facile profezia. Vedrai che oggi ci lasceremo in modo ben più cordiale dell'altra volta. Tu stai meglio: lo si vede subito, e Benito ora ti farà una proposta che non puoi rifiutare.»

Diedi un colpo di tosse e sputai nel fazzoletto. Dissi: «E chi è Benito, il Padrino?»

Filippi rise forte.

«Che ti avevo detto, Beni'? Giacomo è terribile. Tu vedi subito che uomo è. Sta in un fondo di letto ed è combattivo come se si trovasse sul ring. Lo sai che da giovane tirava di boxe? Te l'avevo detto, no? E – come dire – se non fosse stato combattivo, il Presidente a quest'ora ce lo eravamo giocato!»

Terzaghi alzò una mano a frenarlo.

«Certo. Siamo tutti grati al dottore qui. Ma la gratitudine sarà dimostrata da chi di dovere in modi e forme opportuni. Oggi...»

Filippi non lo lasciò finire.

«Scusami. Scusa Benito. Scusa e grazie. Quasi dimenticavo, Giacomo. Ho una cosa per te.»

Frugò nella sua ventiquattrore e tirò fuori un pacchetto oblungo. Fece per porgermelo. Poi lo ritrasse e cominciò a svolgerlo.

«Ecco, Giacomo. È da parte del Presidente. Te lo apro che con una mano sola non ce la faresti. E ti dico che cosa è. È l'ultimo cronometro superlativo certificato ufficialmente, subacqueo naturalmente, della Cosa – come si chiama più? No Rolex. No Piguet. Meglio, meglio... Ma poi lo vedrai e, soprattutto, leggerai l'iscrizione incisa sulla cassa. Vedrai una cosa di gusto estremo: l'incisione è fatta col laser e ricopia la calligrafia del Presidente. Una cosa personalizzata al massimo. Ma, va bene, va bene, vediamo dopo. Scusa ancora, Benito.»

Terzaghi aveva aperto la bocca, ma Filippi lo interruppe subito. Fece un discorso lunghissimo e sconclusionato. Mischiava reminiscenze di scuola, slogan, luoghi comuni.

«Ma io parlo troppo. Scusate. Volevo solo creare un'atmosfera rilassata – come dire? – amichevole. Arriverei quasi a dire "di complicità". Ma non lo dico, eh? Non lo dico. Scusa, Benito. Ora mi fermo davvero. Vai avanti con lo scopo della nostra visita. Altro che orologi! Anche se di pregio estremo come questo...»

Terzaghi sospirò e riprese.

«Certo, Filippi: non c'è problema. Ma non mi far perdere il filo. Dunque, dottor Elliot, Filippi qui mi ha rappresentato la sua ritrosia, se posso chiamarla così, che le fa indubbiamente onore. Tutto scontato. Non saremmo qui altrimenti. Lei è persona di coraggio e di statura morale eccezionali. È proprio la sua posizione distaccata, superiore che ha confermato l'opinione che il Presidente si è formato di lei.»

Agitò una mano in un gesto assertorio.

«Qua non si tratta di ricompense. Scusi se uso brutalmente questa parolaccia. Qua si tratta di chiamare a raccolta le forze sane... Qua si tratta di risolvere problemi. La sua specialità, no? Ma non parlo di problemi informatici. Non parlo di problemi finanziari. Non parlo di benchmarking – e vede che ho fatto i miei compiti a casa, eh? Ho cercato di capire quali sono i suoi interessi, la sua vocazione. Qua parliamo di risolvere problemi istituzionali. Di aiutare il Paese! E per aiutare il Paese abbiamo bisogno di lei. Abbiamo proprio bisogno di LEI.»

Mi puntò il dito contro. Se avesse avuto una barbetta bianca e il cilindro a stelle e strisce sarebbe sembrato lo

Zio Sam che dice: «*I want YOU!*» ai giovanotti americani per indurli ad arruolarsi. Continuò:

«Lei sa bene che ci tiriamo dietro il problema annoso del così detto conflitto di interessi. La proposta di creare un gruppo di tre garanti che superveda e controlli l'operato del Presidente sarebbe passata, ma bisogna dire francamente che non funziona. Non soddisfa. Non ha condotto a chiarimenti definitivi. C'è ancora chi mormora, chi fa maldicenza. Invece serve un'azione definitiva...»

Abbassò con forza la mano destra tenuta di taglio, come se facesse a pezzi qualcosa con un machete.

«Ci vuole un intervento che chiuda la bocca a tutti. I tre garanti, i tre saggi devono essere nuovi, critici e aggressivi. Così quando assolvono il Presidente da ogni accusa, le questioni vengono definite una volta per tutte.»

Ridusse il volume a un sussurro.

«Abbiamo pensato a due professori: Sartori e Sylos-Labini. Due voci critiche, starei per dire acerrime. E poi abbiamo pensato a lei. No! No! Aspetti! Lei sta per obiettare che lei non è professore, che non è politologo. Ma chiaramente abbiamo pensato alle obiezioni possibili – e abbiamo la soluzione. Eccola! Lei viene nominato Presidente dell'Accademia dei Lincei! Prestigio indiscusso, dunque. La nomina a Garante, quindi, andrebbe alla carica, oltre che alla persona. Problema risolto. Fatto! Come diceva il Presidente in passata legislatura...»

Mi schiarii la gola. Ebbi uno scoppio di voce:

«Ma che cazzo dice, Terzaghi? Sartori e Sylos non ci staranno mai. Da voi non accetterebbero nessuna nomina. Ancora meno la nomina a formare una commissione finta, creata apposta per assolvere qualunque misfatto. Paolo Sylos-Labini vi fulmina! Non vi rendete conto di che persona sia? Voi sognate!»

Fece un sorriso mellifluo.

«Bene. Più che bene! Ecco la sua bella aggressività, la sua foga! Questo serve, non l'accettazione supina. Se no, manca la credibilità. Abbiamo pensato a tutte queste cose. Non dubiti. Abbiamo i nostri argomenti convincenti. Mi lasci chiarire alcuni dettagli. Sono secondari, ma non irrilevanti.»

Alzò il pollice sinistro e lo afferrò con la destra.

«Primo! La carica di garante non prevede trattamento economico. Dunque: estrema pulizia.»

Si afferrò l'indice della sinistra:

«Secondo! La carica di Presidente dei Lincei implica uno stipendiuccio di cui non parliamo nemmeno.»

Si afferrò il medio:

«Però – terzo! – prevediamo a parte una consulenza con una multinazionale off-shore dell'ordine di grandezza di milioni di euro all'anno. Sappiamo bene che non si tratta di elemento decisivo, ma diciamo che può servire a *indorer la pilule*, come dicono i francesi. Oneri, onori pesanti, responsabilità morale, e, allora, anche qualche fringe, qualche beneficio di frangia, no?»

Era patetico, più che irritante. Gli dissi in tono leggero e canzonatorio:

«Terzaghi! Terzaghi! Eh, eh, eh!»

Fece un sorriso speranzoso:

«Ah, vede che cominciamo a capirci!»

Dissi:

«No che non ci capiamo. D'altra parte, questo stronzo di Luigi Filippi che mi poteva portare? Siete ingenui e patetici. Avete fatto uscire l'agente della Digos per non avere testimoni. Ma non sapete che la Digos registra ogni parola che si pronuncia nella mia stanza? Tentativo di corruzione. Siete messi malissimo.»

Terzaghi cambiò tono.

«Ma quale tentativo? Lei ha frainteso! In ogni caso, se la sua posizione dovesse mantenersi così critica, negativa e offensiva, possiamo ricorrere a proposte molto più convincenti – e dure. E, in alternativa, può stare sicuro che certe proposte che vengono dall'alto, che sono amichevoli e anche troppo vantaggiose, non possono essere rifiutate impunemente. Le conseguenze potrebbero essere spiacevoli proprio per lei.»

Fu allora che gli dissi:

«Mi trema tutto il pizzo della camicia.»

Poi Luigi Filippi gli diede spiegazioni. Poi cercò di addolcire la situazione. Lo lasciai parlare a lungo. Poi suonai il campanello. Nell'attesa che arrivasse un infermiere, dissi:

«Andate a farvi fottere.»

Apparve la giovane suora spagnola. Chiese:

«*Le necesìta algo, doctor?*»

Dissi:

«*Soy muy cansado. Por favor, llame al profesòr. Estos dos individuos me fastìdian. Si ahora no se van de pronto, que llame sus colegas. Los echen fuera.*»

Tradussi:

«A vostro beneficio. Ho detto alla suora che mi date fastidio e che vi buttino fuori. Non fatevi più vedere.»

Luigi disse a voce bassa:

«Ma no, Giacomo! Non era quella l'intenzione! Qui c'è un grosso malinteso. Devi avere un po' di pazienza. Guarda che è una questione semantica... non altro. Tu sei sempre stato così irruento. Ci vuole prudenza. Ci vuole riflessione...»

La giovane suora li sospingeva fuori senza nemmeno toccarli.

Luigi Filippi si voltò indietro.

«Gia', ma che davvero la Digos ha messo i registratori audio nella tua stanza?»

Sospirai.

«Sei tu che non mi ascolti, Giggi. Ti ho detto di andare a farti fottere. Esegui, no?»

11.

L'ingessatura della mia spalla pesava di sicuro meno di cento chili

L'ingessatura della mia spalla pesava di sicuro meno di cento chili. Però era scomoda. Salire le scale per tornare a casa fu un processo lento e doloroso. Alvise mi guidava e mi sorreggeva. Era in buona forma, malgrado l'età. Al primo piano già ansimavo. Alvise mi propose:

«Entra da me un momento. Riposati.»

Accettai. Mi andai a sedere di traverso sulla sua grande poltrona. Lui mi offrì un bicchierino di Calvados. Non ci vedevamo da qualche giorno. Sorseggiavo lentamente il liquore. Intanto gli raccontai della visita di Filippi e Terzaghi. Stette zitto a lungo. Rimuginava. Alla fine disse:

«Non mi hai mai ascoltato attentamente. Eppure qualche consiglio buono te l'ho dato. Magari spesso ripetevo i consigli di tuo padre. Lui diceva: "Non farti nemici per caso, ma solo per scelta – *Don't make enemies by chance, but only by choice*". Questo avresti dovuto ricordartelo. È un consiglio buono. Avresti dovuto mandarla per le lunghe. Dire che le loro offerte ti onoravano e che avresti riflettuto. Potevi invocare le tue condizioni di salute. Non si manda via la gente insultandola. Sei stato maleducato. Sei stato troppo duro.» Fece una breve pausa. «Maleducato, arrogante e temerario. Giudizio severo, ma meritato.»

Scolai il bicchierino. Sospirai:

«Alvise, anche tu, perché non ti fai i cazzi tuoi?»

Si scurì subito in volto. Non era abituato a essere trattato così. Mi ripresi subito:

«Scusa, Alvise. Tu avrai ragione di sicuro, ma il tempo è poco. Dirgli subito di andare a farsi fottere, mi ha scaricato. Anche lo stress è bene scaricarlo, no?»

«Non lo so, Jack. Non sono un grande psicologo. Ognuno ha il suo stile. Potevi dirgli...»

Si mise a cantare piano con la sua bella voce di basso:

«Te c'hanno mai mandato a quer paese?
Sapessi quanta ggente che ce sta...»

Lo guardai storto. Lui annuì.

«Certo. Ognuno ha lo stile suo. Tu hai il tuo stile duro. Io sono più malleabile. Forse per questo ho combinato poco nella vita.»

Rimase a lungo in silenzio. Poi raccontò:

«Tanti anni fa ad Anzio un certo Aldo, amico di mio padre, vide una carrozza trascinata da un cavallo imbizzarrito. Corse accanto all'animale, lo afferrò per le briglie e lo fermò. A bordo c'era una coppia con figlia giovane. Il padre della ragazza, nella foga degli eventi, fece per dargli una mancia. Aldo rifiutò, ma restò in contatto. Si invaghì della figlia e cominciò a corteggiarla. Gli amici per sfotterlo andarono a cantare una serenata sotto le finestre della giovane. Le parole dicevano:

Se fermo la carrozza
Non voglio la moneta,
Son giovane poeta:
Lo faccio per piacer!»

Si fermò a riflettere. Intanto mormorava fra sé. Poi sorrise e disse:

«Ecco! Tu potresti cantare:

Silvio, sì: ti salvai dai terroristi
Ma non voglio prebende né favori.
L'ho fatto per errore e se tu insisti
Toccherà proprio a me di farti fuori.»

Sogghignai. Ci provava, ma non era tanto spiritoso. Alvise girava per la stanza. Tirava fuori un libro da uno scaffale. Gli dava un'occhiata. Lo rimetteva subito a posto. Era a disagio. Forse era imbarazzato perché mi aveva criticato. Erano anni e anni che non gli succedeva. Riflettevo. Dopo tutto era un vecchio amico. Vecchio era la parola chiave. Si doveva essere dispiaciuto delle parolacce che gli avevo detto. Avrei dovuto essere più gentile con lui. Accese la televisione. La voce dell'annunciatrice diceva:

«... un lungo intervento sui problemi della ricerca scientifica. L'Onorevole Berlusconi ha detto...»

Alvise fece una faccia compunta.

«Scusa. Scusa, Jack. Spengo subito.»

Lo fermai.

«No! No – lascia. Questo mi interessa.»

Lui girò lo schermo verso di me perché vedessi meglio. La faccia del Cavaliere del Lavoro riempiva il video. Diceva:

«Come dissi in altra memorabile occasione, prendiamo ispirazione dai grandi che hanno illustrato la nostra storia. Prendiamo ispirazione da Guglielmo Marconi: grande inventore, grande scienziato, ma anche grande imprenditore. Decise subito di sfruttare industrialmente la sua invenzione. Questo, però, non significò per lui una mercificazione della scienza, ma rappresentò il migliore strumento per mettere la scienza al servizio dell'umanità, generando al tempo stesso risorse necessarie per finanziare nuove ricerche e nuove scoperte. Speriamo che questo succeda anche ai nostri ricercatori...»

Commentai:

«Così le ricerche se le finanziano da soli, dato che il suo governo non fa che tagliare i contributi alla ricerca.»

Invece il Cavaliere del Lavoro diceva:

«... riconosciuta la necessità di investire nella cultura (e in primo luogo in quella forma altissima di cultura che è la ricerca scientifica) per poter essere competitivi. L'obiettivo, in buona sostanza, è quello di integrare sempre di più il mondo della ricerca con quello delle imprese. Il governo ritiene di avere compiuto un primo passo in questa direzione con il varo della legge che dà la proprietà della scoperta al ricercatore anche se è stata effettuata all'interno di un laboratorio universitario. Mi dicono che abbiamo i cassetti delle Università pieni di scoperte che poi gli Atenei non sono stati in grado o non hanno voluto trasformare in applicazioni pratiche. Consentitemi di ricordare che proprio sulla comunicazione ho costruito tutto il mio successo. Per questo sono così sensibile all'esempio di Guglielmo Marconi e mi piace ricordare che Marconi è stato il primo grande protagonista della globalizzazione attraverso uno strumento di libertà, come la radio è ancora oggi. Per questo ci ha lasciato un'eredità incommensurabile...»

Dissi:

«Stacca, Alvise, è solo *lip service*.»

Non capiva.

«Che cos'è lip sèrviss?»

«Scusa. Vuol dire "servizio con le labbra". Diciamo così quando uno a parole dice le cose giuste e, invece, coi fatti contraddice le belle cose che ha annunciato.»

Alvise si mise a gridare.

«Ma che servizio con le labbra! Questo con le labbra sputa veleno! Coi denti ci succhia il sangue! È un vampiro! Che cosa vuole? Vuole di più, sempre di più. Non gli bastano le reti televisive. Non gli bastano i supermercati e le case editrici e le aziende. Vuole le case e le scuole e i cervelli della gente! Prima li rincretinisce. Li rende ignoranti e maleducati. Li rende simili a lui. Non ha mai saputo niente. Ha imparato solo a imbrogliare e rubare – e a dire barzellette cretine. Sta rovinando il Paese. Quando l'Italia sarà ridotta a niente, a un disastro sotto il dominio dei reazionari, dei commercianti e dei militari di Bush, farà il principe degli straccioni. Parla di democrazia! È meno democratico di Ceausescu. Parla di Marconi imprenditore e inventore. Lui, però, non ha mai inventato niente. Non sa cosa sia correre i rischi di impresa. Ha giocato d'azzardo e ha vinto con le carte truccate.»

Era senza fiato Alvise. Faceva pena. Si mise a sedere spossato. Aveva anche ragione con la sua tirata. Però se la prendeva troppo. Non sapevo che cosa fare per lui. Piegai le ginocchia e mi attaccai a un mobile col braccio destro. Mi tirai su a fatica e gli andai a versare un altro bicchierino di Calvados. Glielo porsi. Mi guardò con occhi velati. Lo prese e lo bevve in un sorso.

«Grazie, Jack. Scusami. Mi sono lasciato un po' andare. Come dicevi poco fa? Scaricare lo stress fa bene. Speriamo che questo sfogo mi faccia bene almeno. Certo ad altro non serve.»

Sorrise.

«Ora mi sento meglio anche se mi vergogno un po'. Ho fatto questa sparata proprio al mio nipote cretino che ha salvato la vita a quel figuro.»

Sorrisi anch'io.

«Scusa, Alvise. Prometto che non lo farò più. Be', adesso torno a casa mia. Tu non ti muovere. Ce la faccio da solo. Ora mi sono riposato.»

12.

Non potevo guidare

Non potevo guidare. Mi muovevo con difficoltà. Così non uscivo mai. Giorgi mi telefonava ogni tanto, ma non lo vedevo più. Il compito di proteggermi era stato passato alla polizia. Era venuto da me il vicequestore Galli con due agenti.

Lo avevo conosciuto anni prima quando era commissario. Indagava su una serie di assassini. Le vittime erano dirigenti della banca per cui lavoravo all'epoca. Certi battaglioni proletari per il comunismo sostenevano di essere stati loro a farli fuori. Invece erano ragazzi scervellati che erano stati imbrogliati dal mandante. Era il padre di uno di loro – altro dirigente della stessa banca. Li avevo smascherati io. Ne avevo anche ucciso uno. C'era una taglia su di loro, ma io non la volli.

A quel tempo Galli era un biondino riccioluto. Ora era un pelatello puntiglioso. Mi disse:

«I ragazzi presteranno servizio qua sotto. Alla porta di strada. Tanto lo stabile ha un solo ingresso. Poi, quando potrà muoversi, la seguiremo sempre. Sarebbe preferibile che non si muovesse con auto propria. Lei sa che le è stato riservato un trattamento super VIP. Quando vuole potrà avere una nostra auto blindata con autista e scorta.»

Dissi:
«Grazie. Però mi sembra eccessivo. Non credo che vorranno vendicarsi.»
Galli ebbe uno scoppio di voce:
«E invece sì. Invece sì! Lo hanno perfino annunciato. Ricorda? La so a memoria la loro rivendicazione. "Il sicario Elliot sarà giustiziato". Fanno sul serio. Sono determinati. Però non li invidio. Ricordo bene che lei è un osso duro. A quanto vedo, poi, si tiene in forma» guardò la mia spalla ingessata, «malgrado la menomazione. Temporanea, mi dicono.»
Ridacchiò:
«Ma anche noi saremo pronti. Niente più errori. Niente più negligenze come accadde con quel povero professore di Bologna che era senza scorta e fu assassinato. Triste storia. Quante polemiche.»
In tono più leggero:
«A proposito di professori – ora dovrò chiamare professore anche lei, no? Ho sentito dell'alto incarico al quale sta per esser chiamato. Complimenti anticipati, se permette. Le daranno una cattedra, no? In che cosa? Informatica aziendale, suppongo.»
Tagliai corto.
«No, Galli. È stato informato male. Ho declinato ogni incarico.»
Rise ancora:
«Va bene, va bene. Vedremo. Lei sempre così diretto, reciso. Me lo ricordo. Anni fa era proprio lo stesso. Ne sono passati di anni, eh? Ma questa volta è tutto diverso. C'è una persona alla quale è impossibile dire di no. E, se posso aggiungere, alla quale è molto conveniente dire di sì. Be', non aggiungo altro.»
Me ne liberai. Cominciò così un periodo noioso. Mi

sembrava di stare agli arresti domiciliari. Gli agenti alla porta di strada non si facevano vedere. Ci parlavamo attraverso il citofono quando avevo qualche visita. Sembravano garbati.

Faceva caldo e l'ingessatura dava noia. Ricominciai a lavorare in terrazzo. Avevo una grossa sedia da regista con braccioli larghi. Riuscivo ad appoggiarci l'ingessatura. Potevo leggere e scrivevo a mano. Quando rientravo in casa, copiavo sul computer e mandavo e-mail.

Un giorno avevo passato in terrazzo tutta la mattina. Avevo scaldato l'acqua al sole e mi ero fatto la barba. Poi avevo messo a terra specchietto e rasoio e lavorato a lungo. Avevo revisionato un business plan – una proiezione di conto economico e bilancio – per Ulderico Salvetti. Era un mio vecchio collaboratore che si era messo in proprio. Ragazzo competente. Sembra che stimasse molto i miei pareri e voleva la mia benedizione. Aveva fatto un lavoro quasi ineccepibile. Avevo trovato solo qualche piccola smagliatura nelle sue proiezioni. Ci avevo messo quasi tre ore.

Faceva caldo. Ero stanco. Malgrado il peso e il prurito dell'ingessatura, mi ero addormentato. Fui svegliato da un forte ronzio. Doveva essere qualcuno con una sega elettrica o con un grosso trapano. Aprii gli occhi. C'era un uccello enorme che oscurava il cielo. Un albatro? Mai visti albatri a Roma. Ma no. Non era un uccello. Era un arco di stoffa o plastica a strisce bianche e celesti. Sembrava un surf-kite. Una di quelle vele a mezza luna che usano sulle spiagge per far viaggiare certi piccoli surfboard ad alta velocità. Che cavolo ci faceva al centro di Roma? Non c'erano specchi d'acqua.

Guardai con maggiore attenzione. Il surf-kite aveva tiranti corti che sostenevano un sedile. L'uomo che lo pilotava, portava un motorino sulla schiena. Ne spuntava un'elica di un metro di diametro. Girava a bassa velocità. Bastava, però, per farlo viaggiare e per manovrarlo. Faceva un rumore scoppiettante. Pensai:

«Veicolo pericoloso. Non lo userei neanche in cambio di forti somme.»

L'uomo corresse la rotta. Puntava dritto su di me. Si avvicinò fino a poche decine di metri. Era un uomo grosso coi capelli biondi e ricci tenuti da una fascia rossa. Aveva gli occhi celesti e un'espressione attenta. Pensai:

"Avrà messo la fascia sulla fronte perché non gli vada il sudore negli occhi. Va così piano che il vento della corsa non lo rinfresca."

Mi chiesi che mestiere potesse fare uno che sorvolava Roma con un superleggero leggerissimo in un giorno feriale. Mi chiesi anche se non fosse proibito. Proibizioni inutili, forse. Come lo acchiappi un trasgressore? Lo insegui con un caccia a reazione?

Il biondo sul surf kite aveva virato. Si allontanò di poco. Perse quota. Stava dando noia a parecchia gente. Poi virò ancora e puntò dritto su di me. Mi sentivo addosso il suo sguardo penetrante.

Alzò una mano e sparò tre volte. Sentii schegge di tegole che tintinnavano alle mie spalle. Mi aveva mancato, anche se era molto vicino. L'arma con cui sparava aveva la canna lunga. I colpi, però, non erano stati forti. Sembrava una 22 da tiro. Doveva avere una gran fiducia nella sua abilità, se sperava di farmi fuori con una pistola di calibro così piccolo. Fiducia mal riposta.

Ormai mi era passato sopra. Virò lentamente. Voleva provarci ancora. La prese alla larga. Malgrado mi potessi muovere lentamente con l'ingessatura, ebbi il tempo di raccogliere lo specchio che avevo usato per radermi. Scelsi l'angolo giusto e concentrai i raggi riflessi del sole sulla sua faccia. Sparò ancora due colpi. Finiti chissà dove. Poi portò le mani a coprirsi la faccia e virò ancora. Era ora di rientrare in casa. Mossi tre passi verso la portafinestra. Avevo ancora lo specchietto in mano.

Curioso che nessuno accorresse. Gli agenti al piano terreno non dovevano aver sentito niente. Sentii il motore del superleggero che andava su di giri. Ci riprovava. Mi sorse il dubbio che volesse fare il kamikaze. Invece no. Si mise in mezzo fra il sole e me. Si legge in tutti i racconti di guerra che i caccia attaccano "*coming out of the sun*" – venendo fuori dal sole sopra i loro bersagli. Ma anche i caccia della Seconda Guerra Mondiale andavano a parecchie centinaia di chilometri all'ora. Quel trabiccolo avrà fatto al massimo dieci all'ora.

Ero abbagliato dal sole, ma proprio per quello era facile prendere la mira. Bastava che mettessi lo specchietto perpendicolare al sole. Lo feci. Non mi rendevo bene conto dell'angolo. Così agitai lo specchio intorno a una posizione centrale. Ebbi appena un flash della faccia contratta del biondo. Sparò un colpo. Subito dopo fece cadere la pistola. Il surf-kite oscillava e sbandava peggio di prima. La vela a mezzaluna oscillava selvaggiamente. Perdeva quota. Avrei potuto colpirlo anche con una fionda, se avessi avuto due mani.

Fece tutto da solo. Il suo motore andò su di giri. Riprese quota velocemente. Poi la vela si torse su se stessa e l'uomo andò a sbattere sulla cima della cupola di Santa Maria in Cavolis. Rimase lì mentre la sua vela scendeva ad abbracciare la cupola. Si doveva essere infilzato proprio sulla croce. Mi stava bene. Mi ricordai di un elmetto tedesco bucato da una scheggia che aveva girato in casa per anni. Lo aveva riportato mio padre dalla guerra.

Qualcuno ci aveva scritto sopra con la vernice bianca:

ONE LESS (UNO DI MENO)

Proprio quel che pensavo del mio attentatore.

Naturalmente la chiesa su cui era finito non si chiama affatto Santa Maria in Cavolis. Non so nemmeno come si chiami. La chiamo così io (anche talora con epiteti peggiori) quando le sue campane mi svegliano la mattina presto.

13.

«È morto sul colpo e non l'abbiamo identificato»

«È morto sul colpo e non l'abbiamo identificato.»

Disse il vicequestore Galli. Fece una faccia furba.

«Ha visto che avevo ragione io! Lei mi ha detto che dormiva. Però i ragazzi giù hanno sentito i colpi. Poi abbiamo recuperato la pistola. Una 22. Arma insolita per un attentato. La devono avere scelta perché ha un rinculo minimo. Non volevano squilibrare l'aeroplanino.»

Alzò gli indici in aria e li agitò.

«E – e dovevano aver paura che fosse catturato il suo attentatore. Non ha addosso nessun documento. Nessun segno di riconoscimento. Nemmeno un capo di vestiario con uno straccio di etichetta. Impronte digitali mai viste prima. Abbiamo fatto circolare la foto, ma nessuno lo ha mai visto. Un uomo normale in tutto. Indescrivibile.»

Sospirò.

«Eppure deve essere stato addestrato a volare con quella specie di apparecchietto – a tirare. Dovrebbe aver lasciato qualche traccia da qualche parte. Potrebbero averlo visto quando è decollato. Un apparecchio così è insolito. Richiama l'attenzione. Mah! Sarà venuto dall'estero. Naturalmente lei non ha sospetti – e non sa niente nemmeno sull'incidente.»

Fece una lunga pausa.

«Dati i precedenti, mi sorge un dubbio, come diceva quello. Non è che è stato proprio lei ad abbatterlo questo così detto aereo nemico? Da lei mi aspetterei qualunque cosa, Elliot!»

Risposi:

«Ma no, che dice? Non ho armi. E poi ho un braccio bloccato. Come avrei potuto?»

«E che ne so? Potrebbe aver escogitato qualche diavoleria. Che ne so? Con una radio trasmittente o con un robot. Mi ricordo bene quel che successe tanti anni fa. Affrontò tre uomini armati. Aveva in tasca una vecchia pistola arrugginita con un solo colpo in canna. Eppure li annientò.»

Sorrisi. Mi era andata bene quella volta. Dissi:

«Ricorda male, Galli. Quella volta, tanti anni fa, avevo tempo. Ci parlavo con quei ragazzotti sprovveduti. Come dicono i *salesmen*, i venditori americani: *My weapon was my silver tongue*. La mia arma era la mia lingua d'argento. Ma con quel pilota non ci avrei potuto parlare. Avrei potuto urlargli qualche parolaccia. Lo so che sono molto convincente. Però non credo che se gli avessi gridato *Vammoriammazzato!*, mi avrebbe obbedito subito. No?»

Galli scosse la testa.

«Va be', va be'. Come vuole lei. Però da ora in poi, niente più terrazza. Stia dentro casa. Con tutti i tetti e le sopraelevazioni che ci sono qua intorno, potrebbero usare un fucile a cannocchiale. Da parte nostra, rafforzeremo la sorveglianza. Ci vuole pazienza. Siamo in guerra.»

«Da quel che ha detto, suppongo che questa volta non ci saranno rivendicazioni. No?»

«E proprio no! Non si sarebbero dati tanta pena per rendere anonimo il loro emissario.»

I miei arresti domiciliari stavano diventando ancora

più gravosi. Chiusi la porta alle spalle di Galli. Mormorai:

«*Shit and blast.*»

Significa "merda e scoppio". Non vuol dire niente. Non serve dirlo. Ma qualche volta mi scappa.

14.

Doveva essere contento il dottor Pacciughi

Doveva essere contento il dottor Pacciughi. I trenta milioni di euro che mi aveva dato da investire erano cresciuti dell'8,5% in meno di due mesi. Avevo appena finito di calcolarne il valore corrente.

Sentii il citofono che ronzava. Ci misi un paio di minuti ad alzarmi e a raggiungere l'apparecchio. Era uno degli agenti al portone. Mi chiamavano ogni due o tre ore per controllo («*Tutto bene, dotto'? Occhèi ci sentiamo.*») Disse in tono esitante:

«Scusi, dotto', sono Loverso. Stavolta non è per il controllo periodico. È che ci sarebbe qui una signora. La signora Mila Manara. Faccio salire?»

Dissi di sì.

Avevo chiesto ad Alvise di spedire a Mila il mio libro di consigli a un giovane manager. Avevo solo riflettuto una volta che non mi aveva ringraziato. Poi non ci avevo pensato più. Avevo altri problemi.

Aprii la porta. Aveva salito quattro piani di scale, ma non ansimava affatto. I suoi capelli facevano pensare a un campo di grano maturo. Portava un tailleur bianco di stoffa sottile – perfetto. Gli occhi blu avevano l'energia di un laser. Era perfetta. Doveva saperlo bene che era perfetta. Non aveva senso che glielo ripetessi. Dissi solo:

«Ben arrivata a Battilori quattro.»
Sorrise:
«Grazie. Fa piacere essere accolta con un endecasillabo.»
Sorrisi anche io. Dissi:
«La metrica non era intenzionale.»
Mi schiarii la gola.
«Cristo. Era un altro endecasillabo. Le assicuro che non parlo sempre in versi. È stato un caso. Smetto subito. Se no comincio a sembrare una commedia pastorale del Seicento. Comunque mi fa piacere vederla. Grazie di essere venuta.»
Mosse due passi verso la porta del terrazzo. Si girò e disse lentamente:
«A questo punto deve aggiungere: *"Non mi aspettavo la sua visita. A che cosa devo questo piacere inatteso?"*»
Risposi:
«Che fa ora? Il suggeritore? Va bene. Non mi aspettavo la sua visita. A che cosa devo questo piacere inatteso? Che risponde?»
Sospirò.
«A rigore dovrei dirle che ho letto il suo libro e che mi è piaciuto tanto e che non potevo resistere alla voglia di parlare con lei.» Fece una pausa. «È anche vero, ma non è tutta la verità. Non sarei mai venuta a trovarla all'improvviso. Avrei telefonato prima – o scritto due righe. La verità è che sono in missione.»
Era imbarazzata. Attendeva la mia reazione. Invano. Non intendevo aiutarla. Se la cavava bene da sola. Continuò:
«Il dottor Pacciughi ha un'alta opinione di lei.»
Stavo per esprimere in euro quanto meritassi quella stima. Mi trattenni. Lei continuò in un tono volutamente stereotipato:

«Lei saprà che la sua fama di competenza e di cultura si è ormai diffusa in molti ambienti. La sua modestia, però, è pari alla sua fama. Forse per questo ha rifiutato recentemente sia pure di discutere l'ipotesi di una sua nomina a un alto incarico.»

Fece un'altra pausa. La sua faccia era priva di espressione. Io zitto.

«Ecco la mia missione. Un folto gruppo di estimatori al quale appartengo, sarebbe felice di sapere che lei accetta quella nomina o almeno che è ben disposto a esaminare alternative. In particolare quella relativa alla presidenza di un comitato di consulenti di una multinazionale di cui non le è stata ancora indicata la ragione sociale. Ci chiediamo anche se ha afferrato l'entità dell'appannaggio previsto. Si tratta di un milione di euro all'anno.»

Aveva finito. Lasciai passare un centinaio di secondi. Da dove usciva questa? Chi l'aveva imbeccata? Parlava come se ripetesse una lezione. La ripeteva molto bene. Non aveva usato nemmeno un intercalare goffo (*Come dire? In qualche modo...*). Il suo discorso suonava falso come una moneta da tre euro. Dissi:

«Allude alla proposta che mi fecero Terzaghi e Filippi?»

«Non conosco dettagli, né questi nomi. Vuole rispondere alla proposta che le ho fatto io?»

Era bellissima. Recitava bene. Non potevo prenderla a male parole come avevo fatto con quei miei conoscenti. Dissi:

«Considero queste proposte avventate e offensive. Se l'alta carica è la Presidenza dell'Accademia dei Lincei, vuol dire che chi me la propone non ha rispetto per le cose serie. Quei soldi, poi, non li voglio. Io faccio lavori concreti. Offro valore aggiunto e fisso io i miei onorari. Non accetto un non-lavoro, specie se strapagato.»

Mila era rimasta in piedi fino allora. Si sedette sul divano e disse:

«Grazie. Missione compiuta.»

Sorrise. Sembrava un'altra persona. Aveva gli occhi stellanti. Si divertiva. Disse:

«Jack Elliot, dove tiene il whisky? Posso prepararne un paio? Ho letto nel suo libro che beve Glennfiddich e che ci mette tre pezzi di ghiaccio, no?»

Ero irritato.

«Mila Manara. Niente whisky. Smetta la scena alla Mata Hari. Prima mi spiega questa storia.»

Sorrise ancora.

«È lunga. L'ultimo sviluppo è che siamo amici. Ora ti do del tu. Con la tua risposta mi hai fatto guadagnare mille euro. Avevo scommesso col dottor Pacciughi. Il mandante della missione è lui. Ammetto di avergli detto che mi avevi fatto una notevole impressione. Ieri mi ha detto che anche io piaccio a te. Ha detto che quando sei entrato da lui avevi l'espressione di uno che ha visto la Madonna. Qualcun altro ha esercitato pressioni su di lui perché ti inducesse a ripensarci. Lui ha pensato scioccamente che il mio fascino e un milione di euro fossero irresistibili. Io ho scommesso di no. Grazie che mi hai fatto vincere.»

«Come facevi a essere così sicura?»

«Ci siamo scambiati solo poche parole la prima volta. Ma eri serio quando mi dicesti che facevo bene a non accettare inviti da chi dice "manèggement". Mi sono detta: uno così non si fa pagare per fare il cortigiano.»

Bevemmo un paio di whisky a testa. Dissi:

«Questa tua bellezza travolgente è solo un dettaglio. Apprezzo molto. Non hai nemmeno provato a prendermi in giro perché ho salvato la vita al Cavaliere del Lavo-

ro. Mio zio mi dice una battutaccia nuova ogni giorno.»
«Prenderti in giro? Non ci penso affatto. C'è poco da ridere. Mi faresti pena, se non avessi un aspetto tanto resiliente e se non mi sembrassi il personaggio di una leggenda greca.»
Emisi un breve ruggito.
«Il peggio deve ancora venire. Il Cavaliere del Lavoro sta diventando appiccicoso nel manifestare la sua gratitudine. Uno dei suoi sciocchi emissari mi ha avvisato che non intendeva demordere. Temo che il principale intenda demordere anche meno. Non riuscirà a capire che non gradisco.»
Mila sogghignò:
«Non era Vespasiano a sostenere che i soldi non puzzano? Il Cavaliere non può accettare che i suoi soldi non siano graditi.»
Precisai:
«Vespasiano incassava un obolo da tutti quelli che usavano i cessi pubblici che aveva fatto costruire. Era questa la ragione della contro-obiezione ai suoi critici.»
«Non facciamo similitudini. Ma tu sei pronto a sopportare le conseguenze per non aver gradito le avance del principe?»
«Sono pronto, sì. Da ragazzo ero boy scout. Il nostro motto era *BE PREPARED*.»
Mila disse:
«Vespasiano avrebbe detto *estote parati*.»
La corressi:
«No. Quello era san Paolo, credo.»
L'atmosfera si era scaldata parecchio. Speravo che continuasse a scaldarsi. Invece pochi minuti dopo Mila disse:
«Va bene. Ora vado a incassare la vincita. Ci vediamo.»

Si alzò dal divano. Si avvicinò e mi diede un minuscolo bacio sulle labbra sfiorandomi appena. Appoggiai la mano destra sul bracciolo del mobile per tirarmi su. I miei movimenti erano lenti, impediti dal peso del gesso. Mila disse:

«Non ti muovere. Trovo la strada.»

Obiettai:

«Ma non so niente di te!»

«Avremo tempo. *Take it easy* – prendila con calma.»

Un attimo dopo era sparita. Mormorai di nuovo:

«*Shit and blast.*»

15.

Ho deciso di uccidere Silvio Berlusconi [Diario di una premeditazione-1]

Ho deciso di uccidere Silvio Berlusconi. Non sono un terrorista. Non sono un sicario prezzolato. Non sono comunista, né ulivista. Sono parole brutte e spero che non restino nel vocabolario italiano. Ne faccio una questione di gusto, di morale e di fair play. Da quando i ministeri sono occupati da imputati latitanti, sento il disagio di vivere in questo paese. Mi sento proprio uno straniero. Mi sento esiliato, senza aver mosso un passo sulla via dell'esilio. Settanta anni fa era capo del governo Benito Mussolini. Era un tragico pagliaccio. Anche lui di pessimo gusto: mieteva il grano a torso nudo. Fingeva di pilotare aeroplani. Diceva: "Dio stramaledica gli inglesi." Proclamava: VINCERE – E VINCEREMO *e, invece, perdeva. Ma non cantava canzonette e non dedicava la maggior parte delle sue energie ad ammassare una fortuna personale smisurata. Non stava in affari a titolo personale. Abitava a Villa Torlonia e aveva l'ufficio a Palazzo Venezia, ma stava in affitto. Silvio Berlusconi, invece, vuole sempre di più – come Tommaso III Conte di Saluzzo che allargava i suoi territori e aveva per motto Noch! – Ancora!*

Nella mia famiglia si ripeteva spesso che certe cose non si fanno perché non stanno bene. Quando ne facevo qualcuna, venivo punito. Le punizioni non erano tanto severe perché, dopo tutto, mi comportavo abbastanza bene. Silvio Berlusconi, invece, si comporta male. Fa troppe cose che non stanno bene. È ora che venga punito severamente. Così anche altri capiranno che non conviene comportarsi troppo male. Se uno si arricchisce indebitamente, rovina il Paese, dice menzogne continue, potrebbe ancora essere tollerato, non apprezzato, se dimostrasse immaginazione, eleganza nel coraggio, humour. Berlusconi non ha referenti per queste parole. È meschino, codardo, di pessimo gusto. Manca di stile.

Non ho mai amato gli avvocati – e ne ho incontrati tanti nella mia vita. Ora sono moralmente sicuro che gli avvocati e certi giudici hanno imbrogliato le carte. Il Berlusconi generalizzato in oggetto ha rimandato e frenato i suoi processi. Ha accettato di non essere giudicato per decorrenza dei termini. Nessuna persona vagamente onesta farebbe una cosa simile. Se mi accusassero di furto, di corruzione, di peculato o di pedofilia, non cercherei di mandare il processo per le lunghe. Se il procedimento dovesse subire rinvii ripetuti fino a far trascorrere i termini statutari, rifiuterei ogni conseguente annullamento delle accuse. Insisterei per andare fino in fondo sicuro di dimostrare l'infondatezza delle accuse. Chi non si comporta così, aggiunge colpe a colpe. Se il sistema giudiziario è troppo burocratico o, peggio, è tenero con certi potenti perché accetta le loro regalie, i buoni cittadini devono prendere la responsabilità di raddrizzare il diritto che è stato deformato. La mia motivazione, dunque, è cominciata con semplici considerazioni di buon gusto, ma si è sviluppata fino a configurare il compimento di un atto di alto valore morale e sociale.

Pare che non ci sia nessuno che senta questo imperativo categorico, ma io lo sento. Intendo progettare questa uccisione in modo prudente e oculato. Dovrò studiarla bene.

Cercherò di mantenere l'anonimato e di restare in libertà. Se non mi riuscisse, non temo il carcere. Avrei tanto da fare in prigione: non ho letto mai "Anna Karenina" di Tolstoj, né "I Miserabili" di Victor Hugo. Sarebbe una buona occasione.

Forse, poi, la durata della mia vita potrebbe essere più breve della eventuale pena detentiva che mi infliggerebbero. Un medico mi ha già fatto sorgere qualche ragionevole dubbio in questa direzione.

Infine pochi mi disapproverebbero. Non mi attendo di essere portato in trionfo. Però anche Tommaso d'Aquino sosteneva che l'uccisione del tiranno non è peccato.

Infine, l'ipotesi di finire in carcere ha almeno un lato buono. Mi considero romano, dopo tanti anni che vivo in questa città, e ho sentito molte volte stornellatori d'osteria, che ai tempi antichi si chiamavano "sminfaroli", ripetere che

... drinto Regina Coeli c'è no scalino
chi nun salisce quello nun è romano.

Sarebbe dunque un modo di prendere la cittadinanza onoraria della Capitale. Se il soggiorno in carcere (credo che oggi taluno dica "ar gabbio") fosse molto spiacevole, potrei continuare lo stornello:

... drinto a Regina Coeli c'è 'na campana
pozzi mori' ammazzato chi la sona!

16.

Il braccio sinistro pendeva al mio fianco

Il braccio sinistro pendeva al mio fianco come una cosa inutile. Mi avevano tolto l'ingessatura. Ero contento di non dover più sostenere quel peso. Però dopo tutte quelle settimane, i muscoli si erano indeboliti in modo ridicolo. Riuscivo appena a muovere il braccio – lentamente. Con la mano destra provavo a massaggiare la spalla. Il muscolo deltoide era diventato un mucchietto molle e patetico. Il bicipite e il tricipite brachiale sembravano filetti di tacchino. Tutto il mio lato sinistro sembrava il corpo di un altro – di un estraneo debolino.

Il dottor Lanciani aveva detto che mi avrebbe mandato subito una fisioterapista. Il primo appuntamento era per quella mattina. Anche l'agente di guardia era stato avvisato di lasciar passare la signora Edda Sosio. Stavo così a disagio che non avevo voglia di leggere, né di lavorare. Aspettavo. Ero sempre più contrariato.

Dopo un tempo lunghissimo, sentii il campanello della porta. Andai ad aprire e mi trovai davanti una giovane donna bruna, piccola e scattante. Era vestita con un tailleurino chiaro. Disse:

«Buongiorno, dottor Elliot. Sono Edda Sosio per la fisioterapia.»

Entrò a passo svelto. Chiese dove poteva cambiarsi.

Aveva un forte accento lombardo. Tornò dopo un istante. Ora portava una tunichetta di aspetto orientale. Disse:

«Si può togliere la camicia? L'aiuto?»

Feci da me. Mi passò le mani sulla spalla, sul braccio e sull'avambraccio. Aveva un tocco leggerissimo. Poi strinse appena la spalla e disse:

«Provi a fare qualche movimento. Alzi il braccio. Si fermi quando sente dolore. Avrà tempo di sentire dolore più in là.»

Teneva lo sguardo fisso sul mio orrendo arto sinistro. Chiese:

«Non ce la fa ad andare oltre, eh?»

Tirò fuori dalla sua valigetta un elastico verde lungo un paio di metri e largo mezzo palmo. Lo annodò sul montante di una libreria. Spiegò:

«Questo elastico sarà il suo compagno per parecchio tempo. Serve a calibrare gli esercizi muscolo per muscolo. Le disegnerò alcuni diagrammi. Si tratta di scegliere il muscolo, poi la direzione della forza da esercitare, poi l'intensità. Dovremo lavorare su deltoidi, bicipite, tricipite, pettorali, sovraspinato, sottospinato e, in certa misura, anche sul trapezio. Sta messo male. Sarà un lavoro lungo, ma avremo successo. Guardando il lato destro, si vede che potrà rimettere su queste masse muscolari e tornare quasi normale.»

Devo aver assunto un'espressione dispiaciuta. Disse:

«Non se la prenda. Ci vuole impegno. Le ho portato alcune tavole di anatomia. È meglio che capisca esattamente come funziona la cuffia...»

Chiesi:

«Che cuffia?»

«Si chiama così il complesso di muscoli e tendini che include la spalla, ne costituisce la consistenza e ne permette i movimenti. Comunque ora comincio ad aiutarla io.»

Faceva male. Con le sue piccole mani mi pilotava. Mi spostava il braccio. Lo alzava. Lo abbassava. Lo torceva. Disse:

«Avvisi subito se faccio male.»

Io la avvisavo e lei annuiva, ma continuava a pomparmi il braccio sforzandolo. Mi stava vicinissimo. Sentivo che aveva un tono muscolare perfetto. Si comportava come un meccanico che mette a punto un motore. La guardai con attenzione. Aveva lineamenti perfetti. Era bella, ma la sua professionalità escludeva totalmente l'attrazione che normalmente avrebbe dovuto evocare.

Cominciò a visitarmi ogni giorno. Seguiva i miei movimenti. Dava ordini. Massaggiava con precisione i punti dolenti. Mi prescriveva accuratamente gli esercizi che dovevo fare da solo. Dopo la sua terza visita, mentre stava uscendo, mi guardò fissamente e mi disse:

«Lei sarebbe un paziente ideale. È obbediente e coscienzioso. Però ha un difetto: si vede che già ha in mente di fare più di quello che le prescrivo. Sbaglia. Smetta subito. Se le dico di tirare l'elastico con il braccio rigido per venti volte, lo tiri per venti volte e non per trenta o quaranta. E metta il ghiaccio subito, non dopo che ha completato gli esercizi da un'ora. Se la chiamano al telefono, dica che ha da fare e segua le istruzioni. Se prova a fare il furbo, otterrà solo di infiammarsi i tendini.»

Brava. Aveva ragione. Cominciammo a fare amicizia. Senza eccessi, senza familiarità eccessiva – e senza la minima implicazione sessuale. Le raccontai qualcosa di me. Era franca:

«Non riesco a credere che abbia fatto boxe. Dovrebbe avere il naso rotto. Se non ce l'ha, vuol dire che non si è battuto troppe volte. Sarà stato un bravo dilettante. Medio-massimo, no? Le ho portato un libro di anatomia. Mi pare che i disegni non le bastino. Lei ci vuole ragionare sulle cose. Allora ragioni sul Gray che è un buon libro.»

Mi raccontò che aveva una figlietta di tre anni: Flavia. Però era molto riservata e mi disse poco d'altro. Era molto brava. Lentamente stavo riprendendo la mobilità. Il mio corpo riacquistava la forma originaria. Non mi sentivo più relegato nelle fattezze di un sottosviluppato. Un giorno le dissi.

«Con questi suoi interventi, mi sembra che lei abbia creato una simbiosi. Non immaginavo nemmeno di avere i muscoli che lei ha individuato, né di riuscire a muoverli e a ricuperarli. Grazie, Edda.»

Sorrise e rispose secca:

«Prego. È il mio mestiere.»

Continuò a rimettermi in sesto giorno dopo giorno. Un processo lungo e doloroso, ma efficace.

17.

Al centro della busta c'era un simbolo dorato in rilievo

Al centro della busta c'era un simbolo dorato in rilievo. Rappresentava una lince entro una ghirlanda d'alloro sormontata da una corona. La carta era pesante e cremosa. Il mio nome in indirizzo era preceduto dall'appellativo "Chiarissimo". Già lo trovavo irritante: non mi ci aveva mai chiamato nessuno.

Prima di aprirla, avevo già capito di che si trattava. Era proprio la mia nomina a Presidente dell'Accademia dei Lincei. Mi avevano eletto in una seduta straordinaria a sezioni riunite: quella di Scienze Fisiche e quella di Scienze Morali. Sorrisi al pensiero di quanto dovevano avermi odiato quasi tutti quelli che mi avevano votato contro voglia. Dovevano aver mormorato:

«E chi è questo salvatore della patria? Che credenziali accademiche può avere? Chi lo conosce? Meriti scientifici? Meriti culturali? Ma ha scritto solo un libretto buffo!»

Però avevano votato lo stesso per me. E che gente poteva essere quella che aveva proceduto senza esitazione? Come potevano ignorare i miei rifiuti precedenti? Come potevano divorziare così dalla realtà? Tradire il loro mandato? Mancare di rispetto alla loro nobile istituzione? Ma lo sapevo chi erano. In maggioranza erano menti superiori. Erano persone integerrime. Non ignoravano i fatti. Dunque dovevano essere stati costretti a quel voto dopo aver subito ricatti pesantissimi. Dovevano avergli torto il polso violentemente per convincerli ad acconsentire a questo abominio. Dovevo essere comprensivo, ma ho un cattivo carattere. Mormorai ingiustamente:

«Ipersemplificatori! Intellettuali!»

Farò male, ma da anni uso l'aggettivo "intellettuale" in senso ironico e denigratorio.

Riflettei brevemente che avrei dovuto consultare Alvise. Mi trovavo in un frangente che avrebbe richiesto esperienza diplomatica – la cosa di cui sono più carente. Dissi ad alta voce:

«E chi se ne frega?»

Così presi un foglio di carta da computer (da 80 grammi al metro quadrato) e scrissi subito la risposta usando un grosso pennarello nero. Ho una calligrafia piuttosto bella, ma la resi più violenta incidendo ogni tratto come una sciabolata:

Spettabile Accademia dei Lincei
Via della Lungara
00165 Roma

Ho ricevuto la vostra comunicazione relativa alla mia nomina a Presidente dell'Accademia. Vi manifesto la mia gratitudine e accetto l'onore che mi avete fatto.

Tuttavia, ho riflettuto a lungo sulla conseguente situazione. Ho, quindi, tenuto conto:

• del rispetto profondo che mi anima nei confronti dell'Accademia,

• della mia totale inadeguatezza e impreparazione,
• del divario incolmabile fra le doti e la fama di chi mi ha preceduto e le mie modeste capacità.

Ho così preso la decisione irrevocabile di rassegnare le mie dimissioni da questa alta carica.

Poiché la mia determinazione è anche ispirata da motivi personali, sui quali non voglio certo intrattenervi, sono sicuro di poter contare sulla vostra comprensione – della quale vi sono grato fin d'ora.

Con ogni devota osservanza,

Giacomo Elliot

Non so da quale antica reminiscenza mi venisse la chiusa con la devota osservanza, ma mi parve che suonasse bene. Ad Alvise l'avrei fatta vedere dopo.

Stavo per mandarla via e-mail anche ai direttori di una dozzina di giornali, quando ronzò il citofono.

«Dotto', c'è un signore per lei. Si chiama Chersom. Dice che la conosce bene. Faccio salire?»

Risposi:

«Affermativo: lo conosco bene. Grazie, Loverso.»

Alistair mi salutò solo con un cenno di testa. Portava un blazer nero. Lo stemma sul taschino doveva essere quello del suo vecchio college, ma non glielo chiesi. Parlammo per qualche minuto di argomenti indifferenti. Gli porsi la lettera dell'Accademia e la mia risposta.

«Che ne pensi, zio Alistair?»

Lesse tutto con la velocità del fulmine. Grugnì.

«Non perdi un'occasione, eh? Ti piace farti dei nemici!

Sei proprio come tuo padre: *a chip off the old block* – una scheggia dal vecchio blocco, *what*? Non posso dire che ti biasimo. Apprezzo la finezza con cui, almeno, non rifiuti la nomina. Prima ringrazi dell'onore, accetti e poi dai subito le dimissioni. Se avessi accettato davvero, non ti avrei più riconosciuto.»

Restò un po' a meditare.

«Ma vedi, Jack, forse così perdi un'occasione. Come Presidente dell'Accademia, ogni tua dichiarazione assumerebbe un peso notevole. Potresti fustigare le persone nominate indegnamente ad alte cariche. Ce ne sono tante. Sono discutibili figuri nominati a presidenti di fondazioni prestigiose, consigli di amministrazione di banche e di quello che resta delle Partecipazioni Statali. Ti potrei dare un voluminoso dossier che ho raccolto.»

Mi guardò per saggiare la mia reazione. Si schiarì la gola e continuò:

«Avrei voluto farci un servizio per il mio *Financier*. Invece no. Mi hanno sconsigliato fermamente. *Tough shit!* Non vogliono strascichi in tribunale come è successo all'*Economist*. Tu potresti riprendere questo materiale e usarlo da una posizione inattaccabile. Che ne dici? Hai già spedito la tua lettera di accettazione e dimissioni?»

Rimasi a pensare per qualche minuto. Alistair mi guardava impaziente. Dissi:

«Non l'ho mandata ancora. Ma non fa differenza. Non sono d'accordo con te. Una volta accettata questa nomina assurda, starei sullo stesso piano degli altri. Il cervo dice al bue che è cornuto. Come si dice? *The kettle calling the pot black* – il bollitore dice al paiolo che è nero. No. La mando via così.»

Forse ero troppo reciso.

«Comunque ti ringrazio del consiglio, Alistair.»

Fece una faccia rassegnata.

«Va bene, va bene. *Take it easy* – prendila con calma. Fai come credi.»

Stavo per offrirgli da bere. Non ci riuscii. Partì con una lunga tirata, quasi mormorando.

«Forse abbiamo torto. Non è facile immaginare che cosa altro potremmo fare... eppure... eppure dà molta noia assistere a questi disastri. Come è potuto succedere? Ci siamo scivolati dentro. Hai letto, poi, quel libro di Paul Krugman che ti avevo dato? Ci parlavo recentemente con Paul e ha confermato quel che pensavo. Il suo titolo lo intende come *falling apart*, cadere a pezzi. Dovremmo dire "sfascio". Lui è molto dettagliato, ma mette in luce questo predicamento...»

Esitò.

«No: *predicament* non si può tradurre letteralmente. Mi hai capito, no? Mette in luce questa falsità globale che pervade l'Occidente e l'Oriente. Tutto. Il potere sovietico così pieno di sbagli e di terrore si è sfaldato e non ha fatto posto a una democrazia jeffersoniana. No. Abbiamo i fondamentalismi religiosi. Aggraviamo il predominio dei ricchi sui poveri. Bush continua ad abbassare le imposte dirette e i poveri diventano più poveri. Fra qualche tempo verrà qualcun altro che dirà: "Unitevi! Non avete da perdere che le vostre catene. E cercano di tenervi buoni con la religione."»

Sospirò e mi chiese da bere. Tirai fuori il Glennfiddich. L'ultima volta lo avevo bevuto con Mila Manara. Alistair lo sorseggiava con evidente piacere. Senza commenti. Riprese il suo filo.

«Anche il povero Clinton era religioso, ma non arrivava a questi picchi di ipocrisia o di cretineria. E hanno i loro sciocchi *roadmap* per fare guerre. Le hanno decise anni fa e non le sanno nemmeno fare. E lo sciocco Blair approva scioccamente. Mi viene da dire che l'Italia è fortunata ad avere solo Berlusconi con la sua sciocca Forzitalia. Almeno Berlusconi non ha le bombe atomiche. Ti pare poco?»

Bevemmo un altro paio di whisky in silenzio. Non avevo nessuna risposta da dargli. Era lui l'esperto di politica e di economia. Guardò il soffitto con i suoi occhi blu che sembravano di porcellana.

«Che fare?» Sorrise. «Era il titolo di un opuscolo di Lenin, del 1902 mi pare. E che ha fatto anche lui? *A horrible mess*, un casino orribile. E in che cosa possiamo sperare? Non in un sollevamento popolare. Vedi che continuano a votarli. E per chi potrebbero votare? Non c'è nessun altro. Qualcuno mi diceva la battuta: "Ti rendi conto che la metà della popolazione ha un'intelligenza inferiore alla media?" È una stupidaggine anche questa perché la circostanza dipende dal modo in cui definisci e misuri l'intelligenza. Ma c'è da essere disperati. I leader sono malevoli e non sanno distinguere il loro stesso buco del culo da un buco per terra. Il pubblico pare tutto teso a contraddire Lincoln. Lui diceva che si può prendere in giro una parte del pubblico per tutto il tempo e tutto il pubblico per un po' di tempo, ma non tutto il pubblico per tutto il tempo.»

Interloquii.

«Ho comprato in edicola una videocassetta di discorsi di Mussolini. Mi ha fatto un effetto tremendo. Era buffo. Si agitava come un burattino. Pronunciava violentemente banalità totali. E lo applaudivano in modo istantaneo e spasmodico. Vuoi vederla?»

Fece un gesto vago. Non mi ascoltava – perso dietro alle sue tristi politologie. Si avviò alla porta. Mi aveva dato parecchio da pensare. Prima di uscire mi disse:

«Anche in Italia le cose non vanno bene. Poco studio, poca innovazione e – dopo tutto – le bombe atomiche ci sono anche qui e sono in mano agli americani.»

Mentre cominciava a scendere le scale, aggiunse:

«*Take care.*»

Non vuol dire davvero "abbi cura di te stesso". Si dice come diremmo "ciao".

18.

Avevo fatto male i conti

Avevo fatto male i conti. Avevo stimato che Edda Sosio ci avrebbe messo un minuto e mezzo a salire le scale. Così avevo scritto un altro paio di righe al computer. Invece, quando aprii la porta di casa, era lì impalata e ansimante. Esitava a entrare. Comportamento insolito. Feci un passo indietro. Dissi:

«Buongiorno, buongiorno. Prego. Entri.»

Si decise. Fece pochi passi. Disse:

«Come va oggi? Ha fatto gli esercizi? Dolori?»

«Sì. Non troppo forti. Ho continuato ogni due ore come prescritto.»

Appoggiò la borsa su una sedia. Poi restò in silenzio per qualche decina di secondi. Si scosse.

«Si tolga la camicia. L'aiuto?»

«No. Non ricorda? Ce la feci da solo anche la prima volta.»

Annuì con una modesta parvenza di sorriso. Tirò fuori dalla borsa l'elastico verde e lo annodò al montante della libreria. Cominciai a tenderlo col braccio teso. Mi corresse subito.

«Più lento. Più lento. E continui con una corsa più lunga. Bene così. Ora continui per quaranta volte.»

Alla fine la spalla faceva male, ma continuai senza lamentarmi. Lei disse:

«Si sieda. Voglio sentirla io.»

Mi impastava il deltoide con le sue mani solide, e con molta grazia. Disse:

«Ricominciamo.»

La sua voce suonava strana, strozzata. Chiesi:

«Sta bene, Edda? Che le succede? È preoccupata?»

Scosse la testa senza rispondere. Chiesi ancora:

«Sua figlia sta bene?»

Fece segno di sì per due volte. Poi si coprì la faccia con le mani e scoppiò a piangere. Singhiozzava forte. Non sapevo che fare. Le appoggiai una mano sulla spalla.

«Che succede? Si sfoghi, Edda. Mi dica tutto.»

Non ce la faceva a parlare. Si asciugò le lacrime con le mani. Tirava su col naso. Mormorò:

«Non posso. Non posso. Non posso.»

Corse alla sua borsa e tirò fuori una piccola pistola automatica. Sembrava una 6.35 o una 22. Me la porse. Disse con voce cigolante:

«Dovevo ucciderla, dottor Elliot. Me l'hanno data loro la pistola. Dovevo spararle alla nuca. Hanno preso Flavia. Ora l'ammazzeranno. Questa era la minaccia, se rifiutavo. Ma io non posso. Non posso. Non posso.»

Riprese a singhiozzare. Poi urlò:

«E ora che faccio? Ho salvato lei e faccio morire mia figlia?»

Dissi a voce alta:

«Basta! Tranquilla! Non morirà nessuno.»

Che cavolo di situazione! Aggiunsi subito:

«Ma che ordini cretini ti hanno dato! Se mi uccidevi, la mia scorta ti acchiappava subito e ti facevi anni e anni di carcere. Era questo il prezzo che dovevi pagare per salvare tua figlia?»

Scuoteva la testa rapidamente.

«No, no, no, no! Dottor Elliot! Non era questo che dovevo fare. Guardi.»

Tirò fuori dalla borsa un paio di manette.

«Gli ordini erano questi. Dopo che l'avevo uccisa, dovevo sfondare il vetro della portafinestra della cucina e spalancarla...»

Fece una risatina stridula.

«Non so neanche dov'è la cucina!»

Guardò la mia espressione contrariata e continuò:

«Poi mi dovevo ammanettare a un tubo del gas in cucina e dovevo urlare per far accorrere i poliziotti. Poi dovevo dire che era entrato un uomo mascherato, che l'aveva ucciso e che mi aveva ammanettato al tubo. Mi hanno fatto imparare a memoria anche la descrizione dell'uomo: passamontagna grigio, golf grigio, pantaloni grigi. Tutto grigio così era più facile. Fisico atletico coi muscoli che si vedevano bene sotto il golf...»

Dissi:

«Mi sembra una storia cretina. Come cavolo poteva saltare dentro la mia cucina questo assassino? Siamo al terzo piano!»

«Mah! L'avevo pensato anche io. Glielo dissi. Però risposero che da un terrazzino del secondo piano un acrobata ce l'avrebbe fatta.»

«E perché non hanno mandato un acrobata vero?»

Edda sospirò.

«E che ne so? Mi pare che hanno detto che non hanno trovato un acrobata disposto e che anche entrare nel palazzo accanto è molto difficile.»

Rimasi a riflettere a lungo. Edda stava tranquilla. Ogni tanto le scappava un piccolo singhiozzo. Problema curioso: simile a quello del lupo, della capra e del cavolo. Alla fine le dissi:

«Stia calma e mi dia retta. Ce la faremo a salvare Flavia.»

Andai vicino al telefono. Estrassi il caricatore dalla pistola. Tirai fuori due cartucce. I proiettili non erano di piombo, ma corazzati. Volevano essere sicuri del risultato, questi fottuti. Ricaricai l'arma e misi un colpo in canna. Sparai tre volte di seguito dentro il volume delle pagine gialle. Il rumore fu assordante nel mio piccolo soggiorno. Sulla copertina dell'elenco apparvero tre fori coi bordi rilevati. Edda disse con voce flebile:

«Che fa? Che cosa fa, dottore? Perché ha sparato lì? Perché ha sparato?»

Le diedi qualche colpetto sulla mano. Sussurrai:

«Coraggio, Edda. Andrà tutto bene. I terroristi potrebbero aver un modo per sentire almeno i suoni più intensi da questa stanza. Attraverso il telefono oppure osservando da lontano le vibrazioni dei vetri della finestra. Così saranno sicuri che tre colpi sono stati sparati. Crederanno che lei mi ha ucciso e che racconterà la storia di copertura.»

Aggiunsi:

«Ora vada a sfondare il vetro della cucina. Poi spalanchi la porta finestra.»

Obbedì. Speravo che nessuno l'avesse vista: quel cortile era spesso deserto.

Ogni tanto Edda tirava su col naso, ma sembrava rassicurata. Le misi un braccio attorno alle spalle e le dissi:

«Ora stia attenta. Si deve ricordare proprio la storia che le hanno fatto imparare i terroristi. La racconterà anche alla polizia. Dovranno impararla anche loro con tutti i particolari. Ma vediamo che non le facciano molte domande. Di questo ora mi occupo io. Lei si ammanetti al tubo e strilli pure. Abbia fede. Andrà tutto bene.»

Assentì. Donna intelligente. Il pericolo le faceva emettere un mucchio di adrenalina. Assorbiva le mie parole come una spugna. Mi si avvicinò e mi diede un bacio breve e intenso sulla bocca. Disse:

«Grazie, Jack. Lei mi dà la vita.»

Poi si ammanettò a un termosifone vicino alla finestra e si mise a urlare. Dapprima tirò fuori una voce debole e chioccia. Poco convincente.

La schiaffeggiai. Mi guardò stupita. Dissi subito:

«Niente di personale. Così urli meglio. Poi vedrai che appena recuperata Flavia ti proteggeranno. Non ti so dire che organizzazione ti potranno proporre. Te lo diranno. A rigore non dovrebbe essere necessario che tu sparisca. Hai eseguito la missione con successo, no? Però può sempre succedere che qualcuno sappia che sono vivo e commetta una indiscrezione. Forse possono avere talpe o infiltrati. Dunque saremo prudenti. Bene. Urla pure.»

«Grazie, Jack. Ora sono sicura anche io che andrà tutto bene. Sei meraviglioso. È un peccato che non ti vedrò più.»

Risposi:

«È un peccato davvero. Ma, non ti preoccupare, mi hai insegnato abbastanza. Ora posso farmi la fisioterapia da solo.»

Cominciò a urlare in modo convincente.

«Aiutooo! Aiutooo! Liberatemi! C'è nessunoooo?» Pausa. «Aiutooo!»

Io intanto presi un foglio e un grosso pennarello blu. Scrissi a mano una pagina in stampatello. Diceva:

PREGO SILENZIO!!!

LA MIA FISIOTERAPISTA EDDA SOSIO È STATA RICATTATA DAI

TERRORISTI: DOVEVA UCCIDERMI, SE NO AVREBBERO UCCISO SUA FIGLIA. HO SPARATO 3 COLPI CON LA SUA PISTOLA.
ORA RACCONTERÀ CHE MI HA UCCISO UN TERRORISTA ACROBATA CHE SI È INTRODOTTO IN CASA SFONDANDO UNA FINESTRA E CHE L'HA IMMOBILIZZATA.
PER SALVARE LA PICCOLA OCCORRE CHE TUTTI MI CREDANO MORTO. DOVRETE CONFERMARE LA VERSIONE DEI FATTI DI SOSIO.
ORA DATE ALLARME – CHIAMATE AMBULANZA – PORTATE VIA MIO PRESUNTO CADAVERE. SOLO DOPO INFORMATE DELLA SITUAZIONE SOLTANTO VERTICI POLIZIA – E IMPONETE RISERBO E SEGRETEZZA AI VOSTRI COLLEGHI E AL MEDICO CHE REDIGERÀ IL CERTIFICATO DI MORTE – A TUTTI.
DOVRÒ SPARIRE IN LUOGO SICURO.
PORTATE LA SOSIO IN QUESTURA E TENETELA QUALCHE ORA PER INTERROGATORIO. POI NON SEGUITELA. ORGANIZZATE CON LEI UN SEGNALE ALLA FINESTRA DI CASA SUA. VE LO DARÀ UNA VOLTA LIBERA LA BAMBINA. POI SARÀ BENE CHE LA PROTEGGIATE IN LUOGO SICURO.
PROCEDETE E ATTENZIONE

Il telefono squillò a lungo. Edda chiese con voce già roca:

«Ma non dovrei rispondere? Saranno loro che vogliono sapere come è andata.»

«No. Ti sei ammanettata lontano dal telefono. Come faresti?»

Il telefono squillò ancora per tre volte, ma non risposi. La seconda volta contai settantasei squilli. Nessuno aspetta così a lungo che qualcuno risponda. Dovevano essere i brigatisti che si accertavano del successo della missione. Dovemmo attendere per mezz'ora. Poi suonò il citofono e, di nuovo, non risposi. Non potevo escludere che avessero fatto fuori la scorta al portone. Dopo un altro minuto sentii suonare e bussare alla porta. Una voce concitata – appena udibile attraverso la porta – diceva:

«Dottore Elliot! Come sta? Tutto bene? Sono Loverso! Perché non risponde? Ecco! Apro la porta.»

Entrarono in due. Loverso era un trentenne ben piantato e ansimante. Gli feci cenno con la mano di stare zitto e gli porsi il foglio che avevo preparato.

Dietro i due agenti vidi una figura femminile. Un vestito color ruggine. Non capivo. Alzai lo sguardo. Era Mila Manara. Dovetti assumere un'espressione molto meravigliata. Loverso aveva finito di leggere e annuiva. Mi guardò e sussurrò:

«Ricevuto, dotto'. Va bene. Va tutto bene. Capito. Lei ha fatto bene. Non poteva fare meglio.»

Io continuavo a guardare Mila. Anche Loverso si girò verso di lei. La indicò col mento.

«Eh, dotto', mi scuserà. Però la signora... era venuta un'altra volta. Ricordo bene? Lei non rispondeva. Ho pensato che andava bene se saliva. Le ho chiesto ugualmente di farsi riconoscere.»

Sospirai. Mila era bellissima, ma era fuori posto. Feci leggere anche a lei la mia pagina. Continuammo tutti a parlare a voce bassa. Le dissi:

«Non sarebbe male che urlassi un po' anche tu. Ma forse non è in carattere. Be': il tuo carattere i terroristi non lo conoscono. Comunque sei invitata a partecipare a questo psicodramma. Recita bene perché la posta in gioco è alta. Poi se arriva a te qualche giornalista, preparati a descrivere la scena sanguinosa del ritrovamento del mio cadavere. Mi dispiace.»

Loverso era un ragazzo sveglio. Anche il suo aiutante. Recitarono bene. Arrivò l'ambulanza insieme a mezza dozzina di volanti. Fecero passare solo il medico e gli spiegarono tutto. Anche il medico fu bravo. Aveva dietro sangue per una trasfusione e lo versò sulle bende. Prima portarono via Edda. Non la ammanettarono, ma c'erano due agenti e una poliziotta che la attorniavano.

Mila disse a bassa voce:

«Avevo sperato in un incontro normale. Peccato. Va bene. Cerco di collaborare.»

Passò una mano sul sangue della trasfusione che aveva formato una piccola pozza per terra. Poi si strofinò la mano insanguinata sul polsino bianco che spuntava dalla sua giacca. Disse:

«Così la testimonianza sarà più drammatica. Vedrai che riuscirò anche a singhiozzare.»

Scese per prima insieme a un agente. Poi mi portarono via impacchettato, contrabbandando nella barella il mio computer col modem incorporato e un pacco di carte. Sentii appena la voce di Alvise che chiedeva:

«Che succede? Che è stato? Fatemi passare!»

Loverso gli sussurrò:

«Una disgrazia. Hanno ucciso suo nipote. Mi scusi, ma dovrà attendere. È un'emergenza grave. Prenderemo contatto con lei appena possibile.»

Mi dispiaceva. Alvise l'avrebbe presa male e non avrebbe potuto essere informato almeno per parecchi giorni. Non potevo farci niente.

Mentre la barella scivolava nelle rotaie dell'ambulanza, sentii delle voci di passanti.

«Ahò, e chi è quello?»

«È quell'americano der nummero quattro. È quello che però parla italiano bene, come noi.»

«Cià la faccia coperta. L'hanno ammazzato.»

«Poretto, che è stata? 'na rapina?»

«No, deve essere stato un delitto passionale. Hai visto che sono uscite due donne. Ce deve ave' avuto due fidanzate. Hai visto che la seconda era sporca di sangue? Mo' le hanno portate via tutte e due. Chissà quale è stata che l'ha fatto fori? Poretto.»

Poi si chiuse la porta e l'ambulanza partì. Il suono della sirena era proprio spiacevole.

19.

Era una improvvisatrice la nobildonna irlandese Violet Gibson [Diario di una premeditazione – 2]

Era una improvvisatrice la nobildonna irlandese Violet Gibson, nata Fitzburn Ashe. Eppure quasi ci riuscì il 7 aprile del 1926. Si avvicinò a Benito Mussolini sulla piazza del Campidoglio dopo l'apertura di un congresso di chirurgia. Gli sparò con una pistola di piccolo calibro e lo colpì di striscio al naso. Il giorno dopo Mussolini disse al Direttorio del Partito Nazionale Fascista:

«Se avanzo, seguitemi. Se indietreggio, uccidetemi. Se muoio, vendicatemi.»

Era un improvvisatore anche l'anarchico Gino Lucetti. L'11 settembre 1926 lanciò una bomba a mano contro l'auto di Mussolini. Ne colpì solo la fiancata ed esplose ferendo un passante. Fu arrestato e fece lunghi anni di carcere. Andò peggio ad Anteo Zamboni che provò a uccidere Mussolini il 28 dicembre dello stesso anno e fu subito ammazzato a pugnalate dai militi della scorta.

Per eliminare Berlusconi devo fare di meglio. Non ho pratica di attentati, solo di tiro al bersaglio. Ho cercato di documentarmi, e ho trovato roba interessante ma antichissima. Uno scritto di Machiavelli: «del modo tenuto dal Duca Valentino nello ammazzare Vitellozzo Vitellozzi, Oliverotto da Fermo, il signor Pagolo e il Duca di Gravina Orsini». Ma non mi serve. Il Duca Valentino aveva un castello pieno di armigeri. Invitò quei quattro che venissero a fare la pace con lui e li fece trucidare. Io non ho queste risorse.

Ho trovato in una libreria antiquaria un libretto di addestramento alla guerriglia del Maggiore von Dach dell'Esercito svizzero («Der totale Widerstand Kleinkriegsanleitung für Jedermann» – vuol dire: Resistenza totale – Manuale di guerriglia adatto per tutti). Era scritto per istruire i cittadini svizzeri a organizzare la resistenza a un invasore che conquistasse la Confederazione Elvetica. Insegna a fare bottiglie molotov e a evitare i rastrellamenti. Non dice niente su assassini di un singolo personaggio importante.

Mi pare di ricordare che un pezzo grosso delle SS, forse Heydrich, fu ucciso dai partigiani di Praga con una bomba gettata nella sua macchina aperta. Però Berlusconi non usa macchine aperte. Per indurlo a preferirle, bisognerebbe abituarlo a traversare folle festanti che lo applaudono. Non è una soluzione semplice. Credo sia difficile arruolare folle festanti.

Mi sembra di ricordare che la CIA fece un accordo con la mafia per assassinare Fidel Castro. Pagarono un cameriere per mettergli una capsula di veleno in una bibita. L'attentato non riuscì perché un complice denunciò il cameriere prima che potesse agire. Non saprei dove trovare un veleno efficace e non ho conoscenze fra camerieri. In ogni caso ritengo sconsigliabile avere complici.

Dovrò documentarmi. Poi dovrò inventare qualche sistema compatibile con le mie abilità e le mie risorse. È un bel quiz. Dovrebbero usarlo quelli che reclutano i cervelloni per le aziende ad alta tecnologia. Loro domandano:

«Quanto pesa il ghiaccio di una pista di pattinaggio?»

«Quanto ci si potrebbe mettere a spostare il monte Fuji?»

Invece è più interessante chiedere:

«Come faresti ad assassinare il Presidente del Consiglio? Specificare se con o senza arresto in flagranza.»

20.

Sentivo odore di letame equino

Sentivo odore di letame equino. Infatti dall'Istituto di Medicina Legale mi avevano portato in luogo sicuro: in Trastevere – in una caserma della Polizia a cavallo.

Mi avevano installato in una casetta fine secolo. Probabilmente avevano buttato fuori l'ufficiale che ci abitava. Il piccolo edificio a tre piani era situato in un angolo di un comprensorio quadrato entro cui c'erano caserme, uffici, stalle, maneggio. Avrà occupato un paio di ettari. Del tutto inaspettato al centro di Roma.

Naturalmente non vedevo nessuno. Erano riapparsi Giorgi e Maggiani. Uno dei due stava sempre con me. Facevano turni di otto ore. Mi avevano detto che anche fuori gli agenti avevano organizzato servizi di sicurezza senza dare nell'occhio. Giorgi mi aveva detto:

«Credono che tu sia un collaboratore di giustizia. Un mafioso pentito che dobbiamo proteggere.»

Il giorno dopo che ero arrivato, mi avevano portato i giornali. Mi avevano fatto un effetto curioso. Mi era tornata in mente una canzone antica che avevo sentito anni prima chissà dove:

Vorrei morir, ma non vorrei la morte:
Vorrei veder chi per me piange più forte.

Il solo che poteva piangere era il povero zio Alvise. Ci eravamo trovati d'accordo che non si poteva dire la verità nemmeno a lui. I brigatisti dovevano rilassarsi. Dovevano credere di avermi liquidato.

I necrologi a pagamento erano pochi. Alvise comunicava il fatto che ero stato trucidato "da mano barbara e folle". Non mi sarei aspettato da lui espressioni così poco sobrie. La mia azienda bancaria aveva redatto un testo anche troppo convenzionale. Qualche gruppetto di vecchi amici partecipava al dolore della famiglia – quale famiglia?

Partecipava al cordoglio generale anche l'Ordine dei Revisori Contabili. Non sapevo nemmeno che esistesse. Non ricordavo di farne parte. Forse dovevo aver registrato le mie credenziali di Chartered Accountant quando ero tornato in Italia.

Stranamente Mila Manara aveva ritenuto di dover giustificare la sua presenza al fattaccio. Il necrologio che aveva pubblicato sulla *Repubblica*, diceva:

Giacomo Elliott
Coraggioso indimenticabile amico
è stato ucciso barbaramente
da sicari insensati.
Mila Manara ricorda la sua personalità forte,
competente, umana, insostituibile

Giorgi leggeva il giornale dietro le mie spalle. Disse:

«Questa signora Mila è proprio brava. Ma è davvero la tua fidanzata?»

Negai.

«No, ma sono d'accordo: potrebbe essere molto peggio.»

Continuai a leggere.

Sul *Corriere della Sera* Francesco Alberoni aveva pubblicato un pezzo in cui sosteneva che sembrava una tragedia greca la vicenda dell'uomo che salva la vita al principe e poi viene punito con la morte.

Natalia Aspesi aveva scritto un pezzo in cui parlava solo di Mila. Era intitolato

QUEL POLSINO INSANGUINATO

Era garbato, ma sorrisi all'idea che avrebbe irritato molto Mila. Trovai noiosi tanti altri pezzi. Parlavano del ritorno degli anni di piombo. Dicevano che Roma era diventata un Far West. L'*International Herald Tribune* titolava: *Dodge City is in Rome: Needs a Sheriff* (Roma è come Dodge City – serve uno sceriffo). Qualche giornalista faceva capire che me lo ero meritato di essere giustiziato perché avevo preso la legge nelle mie mani per primo. Mi ha sempre irritato chi usa il verbo "giustiziare" quando parla di persone soppresse dal crimine organizzato o da organizzazioni terroriste. È corretto usarlo solo se prima c'è stata una sentenza di un tribunale – giusta o no.

Giampaolo Pansa ragionava civilmente che era inutile ragionarci sopra. Le Brigate Rosse agivano in modo insensato e colpivano in modo imprevedibile come i fulmini. L'unica risposta adeguata era un incitamento a capire, studiare e spiegare la storia ai giovani. E bisognava anche aumentare le misure di sicurezza in modi civili.

Gradatamente si parlò sempre meno della mia storia. Sono un outsider. Nessuno ci si scaldava tanto.

Intanto non potevo lavorare. Ogni contatto con l'esterno mi era precluso. Era giusto. Per sicurezza mi avevano bloccato la posta elettronica in uscita. Giusto anche quello. Non potevano essere sicuri che sarei stato prudente. Così mi annoiavo. Facevo le ginnastiche che mi aveva insegnato Edda Sosio. Ero stato contento di sapere che la sua figlietta era stata liberata e che erano partite per una vacanza all'estero.

Giorgi era la mia sola compagnia. Non avevo voglia di parlare. Lo ascoltavo. Mi raccontò tutto il suo addestramento. Gli avevano insegnato cose di ogni genere. Si era fatto una buona cultura anche da solo.

Mi ero fatto portare il libro di Krugman che mi aveva regalato lo zio Alistair, ma lo trovavo un po' pesante. Avrei voluto fare lunghe dormite, ma mi sentivo a disagio e soffrivo di insonnia.

Una mattina verso le 11 mi andai a fare un altro caffè. Avevo dormito poche ore la notte prima e mi si chiudevano gli occhi. Tornai in camera. La moka ci avrebbe messo una decina di minuti a funzionare. Mi addormentai in poltrona. Fui svegliato da un rumore sfrigolante e da un'orrida puzza di bruciato. Pochi secondi dopo accorse anche Giorgi. Disse forte:

«Che succede? Che casino combini?»

Risposi male:

«Che casino? Si è bruciato un po' di caffè. *Big deal!* Gran tragedia! E tu devi proteggermi? Non ti accorgi nemmeno se vado a fuoco!»

Giorgi mi guardò storto, ma non disse una parola. Un gentiluomo. Ottimo addestramento. In quel momento sentii un trambusto per le scale. E una nota voce lombarda che diceva:

«No. No. Niente cerimonie e niente convenevoli. È una visita privata e poi esigo che le misure di sicurezza non vengano modificate, né messe a rischio.»

Era la voce di Silvio Berlusconi. Mi affacciai sul pianerottolo. Non c'era ascensore. Stavano salendo in quattro: il Presidente del Consiglio con un suo assistente e due omoni di scorta. Berlusconi alzò gli occhi e mi vide. Il suo volto si aprì subito a un largo sorriso.

«Caro Elliot! Ci rivediamo finalmente!»

Quando mi fu vicino, mi prese la destra e cominciò a pomparla su e giù. Si voltò verso i suoi accompagnatori.

«Bene. Ora lasciateci soli. Ne avremo per un'oretta. Poi devo ricevere i Presidenti delle Camere.»

Gli dissi solo:

«Buongiorno, Presidente» e lo feci passare nel piccolo soggiorno. Si accomodò su una poltroncina piuttosto anziana. Annuì due o tre volte.

«Veniamo al dunque. Io le devo molto. Lo sa lei e lo so io. Ho provato in vari modi a manifestarle la mia gratitudine e a stringere rapporti più significativi. Non dico amichevoli, sebbene all'amicizia io tenga moltissimo. Non sarei arrivato dove sono arrivato senza tanti, tanti amici. Mi consenta di dirle che ho molta stima di lei.» Sorrise, quasi una risatina. «Non solo per la sua abilità di tiratore, ma per le sue doti professionali, di cui ho molte testimonianze... l'amico Pacciughi e tanti altri... e anche per la sua modestia. Me lo lasci dire. Ma mi lasci dire anche che non comprendo i suoi rifiuti così netti a ogni apertura.»

Mi guardò con intenzione. Io non commentai. Continuò.

«Vede, caro Elliot, io capisco che posso sembrare ingombrante. Qualcuno, e forse anche lei, può pensare che Berlusconi occupa troppo spazio. Richiama troppo l'attenzione. Berlusconi vuole fare troppe cose. Ha troppe responsabilità, troppe funzioni. Berlusconi porta troppi cappelli – si dice così in inglese, no? Berlusconi *wears too many hats*!»

Mi guardò in attesa di un assenso. La sua pronuncia inglese era penosa. Non commentai affatto. Cercai di mantenere un'espressione neutra. Lui continuò ancora.

«Eh già. È proprio così. Berlusconi ha preso tanti carichi su di sé. Ha raddrizzato tante cose storte. Ha combattuto tante malvagità. Berlusconi combatte i peccati... è un po' come l'agnello di Dio che toglie i peccati del mondo. In questo caso almeno li toglie dall'Italia.»

Parlava di se stesso in terza persona – come Giulio Cesare. Mi ricordai che questa sua abitudine l'aveva notata Beppe Grillo in un suo show. Mi sembrava di sentire la sua voce genovese:

«Quando uno parla di sé in terza persona singolare è un chiaro segno di psicosi, di malattia mentale – cazzo!»

Invece sentii, sommessa, la voce lombarda che diceva:

«È questo che mi meraviglia e mi dispiace, Elliot. Lei è una persona intelligente. Lei è un lavoratore. So bene che lei non è mai stato comunista. Sarebbe il colmo per un mezzo americano!»

Rabbrividì.

«È curioso. Fa fresco qui. Eppure ormai è quasi estate, no? Si può avere un tè caldo qui?»

Dissi:

«Non so. Io non ne bevo. Provo a chiedere.»

Aprii la porta e subito dietro vidi Giorgi che parlava sottovoce con i due gorilla della scorta. Dissi:

«Scusa, Giorgi, puoi vedere se qualcuno ci porta un tè per il Presidente?»

Giorgi alzò un sopracciglio e scomparve di corsa. Tornai dentro. Il Cavaliere riprese.

«Grazie, Elliot. Le stavo dicendo che mi meraviglia e

mi dispiace che lei non apprezzi. Tiene le distanze. Ma perché? È invidioso anche lei? Deve averlo capito che io sono il migliore, no?»

Mise il petto in fuori.

«Nessuno come me ha alle spalle una carriera da tycoon e anche la fondazione del partito che guida. Non c'è personalità politica che possa confrontarsi con me. Non c'è nessuno sulla scena europea e mondiale che possa pretendere di confrontarsi con me. Sarò tacciato di ambizione, ma nessuno dei protagonisti della politica ha la stessa storia: anche chi guida un partito non è stato lui a fondarlo, non ha la storia personale che ho io. Sempre e comunque sono io in vantaggio. Quando incontro un ministro, un Primo ministro, un Capo dello Stato, sono loro che devono cercare di essere più bravi di me. Ripeto, mi spiace dirlo, ma di fronte alle cose risibili che sento dire dalla sinistra europea, che cerca di far vedere che anche loro sono bravini e non si sognano neppure quello che possiamo fare noi, era giusto chiarire queste cose, mettere questi punti fermi.»

Non commentai. Lui fece un largo sorriso. Ghignò:

«Eh già: dovrei proprio avercela su con lei e mica poco. Lei ha rifiutato tutte le mie aperture. Cosa è: scontroso? O è diventato comunista segretamente? O mi odia? E che? Non risponde a questa provocazione?»

Risposi:

«Ho solo declinato di accettare proposte che non mi erano congeniali.»

Ribatté:

«Eh, no! Erano proposte onorevoli e scevre da ogni obiezione. Le sue reazioni, invece, sono state recise, negative e – mi consenta – irritanti.»

Fece la faccia cattiva. Sbuffò. Disse a denti stretti:

«Senta bene quello che le dico, allora. Io con lei non ho più pazienza. Ho provato a essere riconoscente. Lei mi ha salvato la vita, ma forse no. Forse l'intervento delle forze dell'ordine, che seguì poco dopo, sarebbe stato sufficiente. Forse sto esagerando io. Mi fermo qui. L'ho fatta curare – a mie spese personali – dai migliori medici. L'ho fatta Cavaliere di Gran Croce. Va bene così. Basta. Amici come prima. Anzi no: lei non gradisce la mia amicizia.»

Fece una smorfia.

«Non perdo più tempo con lei. Lei, Giacomo Elliot – Jack!» Lo gridò come un insulto. «Lei, Jack, non è nessuno. Quel che ha guadagnato lei in tutta la sua vita, io lo guadagno in mezz'ora.»

Era spossato. Dissi:

«Presidente, se permette provo a scherzare io. La sa la storia del giovane squattrinato che chiede la mano di una ragazza al padre stra-miliardario? Il riccone gli chiede che lavoro fa e quanto guadagna. Il giovane risponde che quando passerà di ruolo arriverà a 950 euro al mese. Il padre della ragazza dice: "Con quel che guadagna lei mia figlia non ci compra neanche la carta igienica!" Lui sconsolato va via. Intravede la ragazza dietro una porta socchiusa e uscendo le dice: "Cacona!"»

Non si divertì affatto. Disse:

«Fine della storia. Stia bene.»

Mentre usciva sussurrai fra me:

«Cacone!»

21.

Non ho niente contro le donne bellissime

Non ho niente contro le donne bellissime. Se, poi, sono anche intelligenti e spiritose, ci si sta bene insieme anche a prescindere da eventuali sviluppi erotici o sentimentali. Però fui molto contrariato a trovarmi davanti Mila Manara. Le chiesi:

«Che ci fai qui?»

Dietro di lei c'era Giorgi. Lui non l'aveva mai vista. Che aveva fatto? Ne era rimasto affascinato al punto tale da farla passare senza consultarmi? Mi giravo da uno all'altro. A lei.

«Come hai saputo che ero qui? Perdio! Dovrei figurare morto io! Se ricevo visite, i brigatisti mi localizzano.»

A lui:

«Che cavolo di protezione mi dai tu? Le belle donne sono esenti dai controlli?»

Rispondevano insieme e li fermai.

«Uno per volta, cristo! Giorgi?»

Era imbarazzato.

«Scusa, Jack. Non è che ho fatto un'eccezione per la signora. È che le consegne sono cambiate. Il mio servizio è finito e tu puoi andare via da qui quando vuoi. Le autorità ritengono che non sei più a rischio. Anzi: ti pregano di lasciare libera questa residenza da domattina alle dieci. Invece il servizio di scorta-protezione è già finito. Io, però, sono fuori servizio e resto fino a domattina.»

Sorpresa! Mormorai:

«'Sti cazzi. Il Cavaliere non mette tempo in mezzo.»

Mi fermai a riflettere. Poi dissi:

«Bene, bene. Almeno sappiamo dove stiamo. Ti ringrazio, Giorgi, sei molto gentile. Ora devo fare qualche telefonata.»

La voce di Mila Manara era piccola piccola:

«Jack, posso parlare?»

«Puoi parlare, sì. È, ancora per poco, un paese libero. Prima che parli, però, ti dico io: quando ti ho visto, ho pensato che mi stavi mettendo in grave pericolo. Ero contrariato. In pochi minuti, invece, la situazione si è capovolta. Ora sono io che metterei te in grave pericolo se mi stessi vicino. Quindi concludo che come sei venuta, è bene che tu te ne vada e non riappari più per un pezzo.»

Il suo volto bellissimo aveva assunto un'espressione tragica. Aggiunsi:

«Non fare così. Ora sembri la Vergine Addolorata.»

Riuscì a mettere insieme un sorrisetto appena accennato.

«Jack, non voglio che tu muoia. Non ti voglio perdere.»

«Quello che vuoi non è necessariamente quello che puoi avere, come avrai capito ormai. Se muoio o no a breve scadenza, dipende da fattori esterni a noi. Forse Giorgi & C. mi avrebbero potuto proteggere e forse no. Ora vedremo se la Presidenza del Consiglio oltre a levarmi la scorta, indice una conferenza stampa per far sapere a tutti che dopo tutto non sono deceduto. Spero che non mettano a rischio la signora Sosio. L'hai conosciuta, no?

Lei è stata bravissima. Mi dispiace che posso fare poco per lei, ora. Sarà già difficile sopravvivere per me. Questi figli di puttana ci hanno provato già due volte. Improbabile che demordano.»

Mi avevano ascoltato in silenzio. Abbracciai Mila e le dissi.

«Amica mia cara, ora sparisci. È un peccato che ci siano questi intralci. Vorrei avere il tempo di conoscerti meglio. Se passa questa emergenza, puoi contarci. Ti cerco io.»

Mi baciò con trasporto. Contraccambiai. Poi mi venne un'altra idea.

«Mila, puoi farmi un piacere? Ci vuole tatto. Puoi chiamare mio zio Alvise per dirgli che sono vivo? Se sente la mia voce all'improvviso, gli può venire un infarto.»

Tirò subito fuori il suo cellulare. Le dissi il numero. Fu abbastanza brava.

«Colonnello Borromeo? Buongiorno. Lei non mi conosce. Mi chiamo Mila Manara. Sono un'amica di suo nipote Giacomo.» Pausa: non sentivo quel che le diceva Alvise.

«Devo dirle cose che lei non si aspetta. Le consiglio di mettersi seduto e di avere a portata di mano un bicchier d'acqua o di cognac. Ho buone notizie per lei.» Breve pausa. «Sì, capisco: lei pensa che nessuna notizia possa essere buona per lei, ormai. Va bene, va bene. Si è seduto?» Altra breve pausa. «OK. Si tenga forte: Jack è vivo.»

Arrossì violentemente.

«Non bestemmi, cristo! Le pare che scherzo su una cosa simile? È una storia difficile.» – Pausa – «Va be', stia calmo. Ora che non le è preso un infarto le passo Jack.»

Dissi:

«Alvise, è vero. Era una *ruse de guerre*. I terroristi dovevano credere di avermi fatto fuori con un loro goffo tentativo.»

Sentii Alvise che riprendeva fiato. Diede un sospirone.

«Jack, sei un cretino. Confermo quanto ti dissi quando ti trovai in ospedale. Almeno a me lo potevi dire.»

«Alvise, no! Non ti hanno insegnato niente i militari? La sicurezza va garantita al cento per cento. E tu mi dicesti che avevi anche il nulla osta di segretezza al livello COSMIC! Te lo avranno levato spero!»

Lo assicurai che mi sarei fatto vivo – compatibilmente – al più presto. Non gli dissi che avrei accettato l'offerta di Alistair e mi sarei ritirato a Cerveteri per qualche tempo. Non avrei saputo che altro fare. Telefonai ad Alistair e mi misi d'accordo con lui. Poi chiesi a Giorgi:

«Un ultimo piacere. Mi trovi una macchina usata in prestito? Non voglio usare la mia e non voglio prenderne una da AVIS o da Hertz. Cerco almeno di non lasciare tracce troppo evidenti.»

Giorgi scosse la testa.

«No. Niente macchina in prestito.»

Lo guardai stupito. Continuò:

«Jack, ti hanno fatto una puttanata. Non sta bene. Non so che cosa ci sia dietro e non mi interessa. Ma anche io mica sono di coccio. Prendo due settimane di ferie e alla casa del tuo amico a Cerveteri ti ci porto io con la mia macchina privata. Speriamo che in due settimane si risolva tutto.»

Non me lo aspettavo. Mi commossi. Mi vennero le lacrime agli occhi. Giorgi continuò:

«Da qui ce ne andiamo subito. Qua la sicurezza sta a zero. Lei signora Manara, come lo aveva saputo che Jack era qui?»

Mila arrossì di nuovo.

«La moglie del capitano Conti era mia compagna di scuola. Lei sapeva tutto. Le ho chiesto consiglio e mi ha aiutato lei a entrare.»

Giorgi sbottò:

«Al capitano Conti gli dovremmo tagliare le palle. Ma rimandiamo. Io ho la macchina qui. Io e Jack ora scompariremo. Lei deve avere sentito l'indirizzo di Cerveteri. Se lo scordi. Non cerchi di entrare in contatto con Jack per nessuna ragione. Ora vada dalla moglie del cavolo del capitano e ci resti un'ora. Non le dia spiegazioni. Dopo se ne vada. Continui la sua vita normale. Però sarebbe meglio se anche lei si prendesse una vacanza. Non ha parenti all'estero? Ma no! Non lo voglio sapere. Mi scusi ma è meglio che scompaia.»

Mila mi toccò rapidamente la faccia con una delle sue mani meravigliose e uscì senza dire parola.

Dissi a Giorgi:

«Grazie. Accetto. Mi sembri un buon alleato.»

22.

Ho formulato un piano d'azione
[Diario di una premeditazione – 3]

Ho formulato un piano d'azione. Ho anche preparato tutte le risorse necessarie. La storia insegna. Violet Gibson con la sua pistoletta non uccise Mussolini. Sirhan Sirhan con la sua pistola uccise Bob Kennedy, ma fu preso subito. Andò ancora peggio agli altri attentatori, come Pallante che sparò a Togliatti, come il giovanotto che sparò a Reagan e come Ali Agca che sparò al Papa. Scelsero l'arma sbagliata, non ammazzarono le loro vittime e furono presi subito.

L'unico che ebbe successo pieno fu l'assassino di John Kennedy. Per quanto so non fu affatto Lee Harvey Oswald. Il fucile Carcano, che avevano sbandierato come arma del delitto, non era credibile. Kennedy fu ucciso da uno o più tiratori che l'hanno fatta franca – e hanno usato armi ben più efficaci.

Così mi sono procurato un Remington 700. Pesa cinque chilogrammi e mezzo. Ha una canna lunga 66 centimetri (26 pollici) e un calibro di 0.308 pollici (7.82 mm). La velocità di uscita è di 885 metri al secondo – oltre due volte e mezzo la velocità del suono. Userò proiettili da 10 grammi. Al momento dell'impatto avranno ancora una velocità di 450 metri al secondo e un'energia di 1000 Joule.

Ci ho montato un telescopio ATNIR 12 36x80 con reti-

colo illuminato. Ha anche il visore infrarosso. Questo non serve, perché agirò di giorno. È lungo 500 millimetri e ha un'apertura di 80 millimetri. Mi sembrerà di avere il bersaglio a dieci metri di distanza. Invece sarà a 400 metri.

Ho potuto misurare accuratamente la distanza, perché ho comprato l'immobile dove sarò appostato. È un piccolo attico in via dei Cazzafrusti. Sono 95 metri quadrati calpestabili. L'ho pagato 700.000 euro. Non li varrebbe, data la consistenza, lo stato di conservazione e il fatto che le stanze sono molto piccole. Invece è anche un buon investimento perché la posizione è unica. C'è il terrazzo più alto di tutto il centro di Roma.

Sul terrazzo c'è una stanzetta con due grandi finestre che imprevedibilmente guardano dall'alto: una sul Pantheon e una a 90 gradi sul Palazzo del Quirinale. Sono incorniciate da corone d'alloro rettangolari di bronzo dorato. Il gusto è discutibile, ma non sono queste finestre che mi hanno affascinato.

Di fronte alla prima c'è una finestrella spoglia che, però, inquadra dall'alto piazza Montecitorio e ne dista 400 metri. È qui che mi piazzerò con il mio Remington.

Ho già installato un cavalletto molto comodo per sostenerlo. Ho installato anche un anemometro. Così non dovrò stimare rozzamente la velocità del vento. La misurerò accuratamente e potrò correggere la mira in modo preciso. Ho studiato le condizioni della luce alle varie ore del giorno. La cosa si può fare.

Tirerò tre colpi. Ucciderò Silvio Berlusconi e probabilmente la farò anche franca.

23.

Eravamo una strana coppia

Eravamo una strana coppia – Riccardo Giorgi e io. Sull'autostrada di Civitavecchia lui guidava la sua grossa auto senza mai superare i 130 all'ora. Non so che macchina fosse. Non mi interesso più di automobili. Doveva essere veloce. La scala del tachimetro arrivava a 250.

Supponevo che avremmo dovuto conoscerci meglio. Mi stava facendo un grosso piacere. Non lo avevo mai visto in azione. Quando stavo in clinica era stato il suo collega Maggiani a bloccare un incauto giornalista. Giorgi mi aveva solo aiutato a collegare il mio computer. Lo aveva fatto in modo efficiente. Speravo fosse altrettanto efficiente per difendermi da altri attentati.

Gli chiesi:

«Giochi a scacchi, Rick?»

Rispose subito:

«Sì: come l'hai capito? Ho fatto anche qualche torneo. Ma dovrei avere tempo per studiare di più. Tu come giochi?»

«Tanti anni fa discretamente. Ora mi limito a trovare le mosse vincenti nei finali che pubblica ogni giorno l'*International Herald Tribune*.»

«Stasera potremmo fare una partita. Chissà se c'è una scacchiera nella casa in cui andiamo.»

Sbadigliai:
«Se non c'è, ce la facciamo di carta. Ne ho fatte tante.»
Lasciammo l'autostrada all'uscita di Cerveteri. Giorgi disse:
«Ora fammi tu da navigatore. Le istruzioni del tuo amico erano molto lunghe.»
Procedemmo sulla provinciale per cinque chilometri. Poi prendemmo una traversa asfaltata e dopo qualche centinaio di metri trovammo a sinistra un palo di legno con un grosso cartello col numero 1351. Svoltammo per una strada di terra in condizioni pessime che saliva ripida. A mezza costa c'era la casa di Alistair. Non aveva numero civico, né alcun contrassegno.
Era una torre a tre piani a pianta quadrata di otto metri per otto. I muri erano spessi un metro e mezzo alla base. Venne una vecchietta raccartocciata ad aprire la pesante porta di quercia. Doveva essere la Fema. Portava un grembiule bianco più grande di lei. Disse:
«Ho sentito il motore! Mi sono detta: questi possono essere solo gli amici del signor Alista'. Perché qui viene poca gente e avvisano sempre prima. Entrino, si rinfreschino e poi per le otto preparo la cena.»
Ci illustrò le caratteristiche della casa con la competenza di una guida patentata.
«Ecco. Al piano terra di fronte alla porta di entrata vedete che si apre questa galleria.»
Aprì un'altra porta di quercia e accese le luci. Apparve un corridoio mattonato. Le pareti laterali erano intonacate rozzamente. La Fema disse:
«Entra nella collina per cinquanta metri. Ai tempi antichi ci tenevano a stagionare il formaggio pecorino. Finisce con uno sfiato grande. Sale su a livello del suolo ed è coperto con una cupolina di mattoni. Dai campi non si

vede nemmeno perché è coperto di rovi. È tutto un rovaio. Questa terra andrebbe tenuta meglio, ma il signor Alista' non ha mai tempo!»

Poi ci fece visitare i piani superiori. Al primo c'era un soggiorno con un pianoforte e parecchi libri. Disopra c'erano due stanze con grandi letti installati su soppalchi. Giorgi si guardava in giro con occhi penetranti. Aprì tutte le finestre una per una. Commentò:

«Visibilità buona. Però qualcuno potrebbe scendere giù per la collina fra gli ulivi e ci arriverebbe addosso all'improvviso. Bisogna installare una difesa. Sarebbe meglio se ci fossero più rovi.»

Rimase con la faccia assorta e un'espressione aggrondata. Poi gli si illuminò lo sguardo.

«Trovato il sistema. Conosco uno che ha un'azienda agricola a pochi chilometri da qui. Ora lo chiamo.»

Tirò fuori il cellulare e compose un numero. Dopo una breve attesa, disse:

«Luca! Riccardo Giorgi.» Poi a voce più alta. «Riccardo Giorgi! Che sei sul trattore? Spegni il motore e ascolta bene... Ora va meglio... Senti bene, mi serve un piacere per le ore subito. Mi devi smontare il circuito ad alta tensione che hai installato per non far scappare il bestiame. Mi serve per rimontarlo qua da certi amici vicino a Cerveteri. È cosa grave. Diciamo questione di vita o di morte. Poi ti spiego... Certo che è per il lavoro mio. Che scossa dà?... Mille volt, ma a bassa corrente... non è letale nemmeno per le persone. Proprio quel che ci vuole... Per domattina ci riesci? Va bene. Grazie per ora. Sono da te alle dieci.»

Alle otto in punto Fema ci chiamò per la cena. Giorgi era un buongustaio. Apprezzò tutto. Diede soddisfazione alla vecchia Fema, chiedendole le ricette e lodandola senza fine. A me sembrava che ci avesse provato con troppo impegno. Coregone al Gewurztraminer. Topinambur marinati con aceto balsamico. La situazione mi faceva venire in mente le parole che qualcuno mi aveva detto fossero state adattate al ritmo della banda di Campagnano. È un paesetto non lontano da Cerveteri. La banda era costituita solo da due tamburi e il ritmo era:

Quello che è troppo, è troppo, è troppo.
Quello che è troppo, è troppo, è troppo.

Dopo cena Giorgi disse:

«E gli scacchi?»

Presi un foglio A4 e lo rifilai. Ne feci un quadrato con 21 centimetri di lato. Lo piegai in due per sei volte di seguito. Lo aprii di nuovo e lo porsi a Riccardo.

«Ecco la scacchiera. Sono caselle da 26 millimetri di lato. Fanne nere trentadue col pennarello. Intanto io disegno i pezzi su altri 32 quadratini.»

Cominciammo a giocare. Dissi:

«Attento, Rick. Non fare mosse brusche, se no vola tutto.»

Mi toccò il bianco. Feci l'apertura inglese. È poco usata. Giorgi rimase un po' sorpreso. Si riprese subito e vinse in sessanta mosse. Era molto più bravo e attento di me.

La mattina dopo Giorgi andò via alle otto. Si ripresentò alle undici con il suo amico. Era un giovanotto alto coi capelli molto corti e un sorriso costante. Mi strinse la mano con energia.

«Piacere. Luca Scoccianti. Riccardo mi ha raccontato la tua storia. Mi fa piacere di darti una mano. Io faccio l'agricoltore, ma ho la passione della tecnologia: radioamatore, computer, elettronica. Questa recinzione elettrificata me la sono montata da solo. Serve per le mie vacche Charolais. Peccato che andranno un po' in giro adesso. Ma mi rendo conto che qui da voi assolve a funzioni più importanti.»

Si misero al lavoro. Tesavano un cavetto di rame da un tronco all'altro degli ulivi a meno di un metro da terra. Lo torcevano in mezzo ai cespugli. Lo mimetizzavano con rametti e foglie.

Luca commentava senza smettere di lavorare.

«Questo ferma chiunque. Ai bovini dà una botta tale che li dissuade dal riprovare... A un essere umano lo stende per vari minuti e gli fa cacciare un urlo bestiale... qualche volta è successo.»

Una mezz'ora dopo disse.

«Quasi finito. Ora collaudiamo. Vi dovrete ricordare di disattivarlo per entrare e uscire dal recinto.» Sorrise. «Certo, funziona una volta sola. Se poi ci riprovassero, imparerebbero a neutralizzarlo. Anche una vacca c'era riuscita. Aveva capito che le corna sono isolanti. Così avvolgeva il conduttore attorno a un corno, tirava e metteva a terra il circuito. Poi passava. Ho dovuto metterle una corona di filo di rame fra le corna. I terroristi, però, la corona di rame non se la fanno mettere.»

Non dovette fare niente per collaudare l'impianto. Se ne occupò un cane randagio. Lo vedemmo apparire: una macchia gialla che avanzava guardinga. Poi sentii uno schiocco. Vidi uno scintillone e udii il guaito più intenso e disperato che avessi mai sentito.

24.

Era un incartamento odioso e deprimente

Era un incartamento odioso e deprimente. Me lo aveva portato Alvise. Giorgi aveva organizzato tutto per farlo venire fino alla nostra torre in condizioni di sicurezza. Ce lo aveva portato Maggiani in automobile. L'avevano fatto andare in una loro sede distaccata. Poi lo avevano fatto uscire nel bagagliaio di una grossa vettura da uno dei molti portoni dello stabile.

Alvise doveva ancora serbarmi qualche rancore perché gli avevo fatto credere di essere morto. Non lo diede a divedere. Mi salutò in modo del tutto normale. Come se ci fossimo lasciati pochi giorni prima.

«Buon giorno, Jack. Tutto bene? Vedo che ti muovi meglio. Continui sempre a fare le tue ginnastiche rieducative, no? Non demordere.»

Gli cadde l'occhio sull'enorme televisore con lo schermo piatto.

«Che spreco questa televisione gigante per vedere i soliti programmi penosi. Ha messo bene questo suo casaletto Alistair, eh? Mi ricordo quando lo comprò circa duecento anni fa. Non ci venivo da un pezzo. Ci volevano i tuoi impicci per farmici tornare. Oh! Dimenticavo. Queste carte le ha mandate il tuo Istituto bancario... quello degli investimenti. La prima lettera era indirizzata a me, quando ti si credeva deceduto. L'altra è indirizzata a te. Non l'ho aperta.»

L'Istituto bancario gli comunicava che in conseguenza del decesso del Dr. Giacomo Elliot, per il quale estendevano sentite condoglianze, e della circostanza che lui, Colonnello Alvise Borromeo, risultava essere l'unico erede, avrebbero conteggiato la liquidazione delle mie spettanze e, una volta registrate le necessarie resultanze e chiarita la situazione legale per quanto riguardava eventuali altre persone che avrebbero potuto accampare diritti all'asse ereditario, gli avrebbero trasferito l'ammontare dovuto che, a una prima indagine preliminare, appariva essere di circa € 37.000.

Dissi:

«A occhio mi sembra che stiano rubando sul peso. Se non ricordo male avevo maturato almeno 50.000 euro. Ma avremo tempo di controllare. Sono solo soldi.»

Poi avevano scritto a me che era annullata la pratica per la liquidazione già inviata in copia al Colonnello Alvise Borromeo, in seguito alla notizia che il mio decesso non aveva avuto luogo, ma che per procedere dovevo presentare un certificato di esistenza in vita e quindi avrebbero accreditato a me la liquidazione delle mie spettanze, dato che si avvalevano della clausola Numero 31 del nostro contratto per rescindere ogni nostro rapporto.

Informai Alvise del contenuto della seconda lettera. Commentai:

«Figli di puttana: anche questi devono essere stati inzolfati dalle autorità superiori. *Holy shit!* Comunque non mi dispiace. Anche io ne avevo abbastanza di questo lavoro. Era ora di cambiare.»

Alvise fece un gesto vago di rassegnazione. In quel momento si spalancò la porta ed entrò Alistair. Non si aspettava di trovare Alvise. Fece un *double take*:

«*Tu quoque!* Tutti intorno a questo tuo sciocco nipote, eh?»

Ci scambiammo un po' di frasi neutre. Succede così con le persone che vedi raramente. Mi fa un brutto effetto. Mi sembra di scambiare le banalità che si dicono in treno a sconosciuti. Feci caso che Alistair portava la stessa cravatta reggimentale di quando mi era venuto a trovare in clinica. Gli dissi:

«*So tell us something new, Fusilier!* – Allora: dicci qualcosa di nuovo, Fuciliere!»

Lui sobbalzò in modo inaspettato:

«Eh! Che fuciliere? Che dici?»

Gli ricordai:

«La tua cravatta. Mi spiegasti che è quella dei Royal Fusiliers. Ma io chiedevo se avevi notizie del mondo esterno. Non fai più il giornalista? Io non so più niente di quello che succede. Sto dietro solo a queste mie stupide difficoltà.»

Grugnì. Non era del suo solito umore.

«Niente. *Just more of the same.* Le cose che succedono somigliano a quelle già successe. Non ti curare di saperlo.»

Alvise indicò il tavolo. Mi disse:

«Hai visto, c'è un'altra lettera per te.»

Era una grossa busta e mi sembrava che emanasse radiazioni negative. Sull'angolo sinistro in alto recava la scritta:

AGENZIA DELLE ENTRATE

Dissi:

«Ci mancavano le tasse. Non basta che mi sparino.

Non basta che mi rescindano i contratti. Sono tentato di buttarla via senza leggerla. Qui si vede che l'APRICAGE è di nuovo all'opera.»

Alistair chiese:

«APRICAGE? Che cosa è?»

Alvise gli spiegò con pazienza.

«È uno degli scherzetti di Jack. Non lo avevi sentito ancora? Si vede che non lo vedi da tempo. Se no non ti avrebbe risparmiato. Si tratta della Associazione Per Rompere I Coglioni A Giacomo Elliot.»

Alistair mi gratificò con una sua risata da cavallo. Si scambiarono uno sguardo in silenzio. Si conoscevano da decenni. Erano grandi amici, ma erano molto diversi. Alistair si era già rilassato. Mi sorrise. Non glielo avevo mai detto: mentalmente lo paragonavo a una matita nera 3B – tenero, largo, facilmente leggibile. Mi disse:

«Ma sicuro! *What do you care?* Che cosa te ne frega? Butta via! Avrai tempo più in là per le tasse. Non ti accumulare troppe cose negative.»

Canticchiò:

Accentuate the positive!
Eliminate the negative!
And stay away from Mr. In-Between!

(Accentua il positivo!
Elimina il negativo!
E stai lontano dal Signor Sto-In-Mezzo!)

Alvise lo guardò storto.

«Non fare il cattivo maestro. Mi rovini il ragazzo.»

Lui mi aveva sempre ricordato un lapis 4H – duro, incisivo, sottile.

Aprii la busta. Guardai il primo foglio e dissi:
«Cristo! Sono impazziti. Vogliono da me 35.000 euro per l'IRPEF di tre anni fa.»
Alvise mi tranquillizzò.
«Non te la prendere. Sarà una di quelle cartelle pazze che ogni tanto mandano in giro a pacchi.»
Sfogliai l'incartamento.
«No, Alvise, hanno fatto un casino infernale e riuscirò a dimostrarlo – forse. Ma sostengono che la mia dichiarazione è irrilevante. Loro usano certi parametri statistici prodotti chissà come. Dicono che avrei dovuto dichiarare un reddito molto maggiore come "ravvedimento operoso". Mortacci. Anche loro devono essere stati inzolfati.»
Maggiani si rivolse dubitoso ad Alvise.
«Colonnello, io dovrei rientrare a Roma. Viene con me?»
Alvise scattò in piedi.
«Penso di sì. È tardi. Mangiamo qualcosa per la strada.»
Alistair lo bloccò.
«Non ci pensare nemmeno. *Don't even think about it*. Ora pranziamo qui. Poi questo giovanotto torna a Roma. Tu resterai qui almeno un paio di giorni. Tanto non hai niente da fare a casa tua. Ci faremo una rimpatriarcata.»
Alvise lo corresse.
«Si dice "rimpatriata". Anche tu ogni tanto prendi svarioni quando parli italiano. I patriarchi non c'entrano affatto. Comunque: grazie. Va bene. Rimango. Mi presterete un pigiama, un rasoio e uno spazzolino da denti.»
Pare che anche il pranzo fosse ottimo. Lo commentavano a turno in termini elogiativi. Io non mi accorgevo di quel che mangiavo. Pensavo che avrei dovuto passare il

tempo in altro modo. Mi scosse uno scoppio di voce di Alvise.

«Jack! Sveglia, Jack! Sono tre volte che ti faccio una domanda. Ripeto: ti senti sicuro qui? Che precauzioni avete preso?»

Gli rispose Giorgi.

«Me ne sono occupato io, colonnello. Ero addetto a scortare il dottor Elliot quando stava in clinica. Ora le autorità lo hanno abbandonato a se stesso. Così ho preso due settimane di vacanza e me ne occupo a titolo personale. Abbiamo installato una recinzione elettrificata di quelle per animali. La attiveremo a sera. Perché non ispeziona il sito?»

Alvise si guardò intorno e rispose:

«Già fatto. Prima di pranzo ho fatto un giro. Le mura sono spesse. La conformazione della collina mi pare impedisca un attacco dall'aria. Ho visto il torracchiotto coperto dai rovi in cui sfiata la galleria. Quello è ben mimetizzato. È adatto per una sentinella, ma abbiamo effettivi scarsi. Dovremmo avere almeno sei uomini armati per una guardia sette-ventiquattro.»

Alistair disse soavemente:

«Per un poco di tempo potrei starci io con un fucile da caccia. Magari stasera. Ma domani mattina, no. Devo andare a Roma per un impegno di lavoro.»

Il pomeriggio passò calmo. Alistair rimase per qualche ora incollato davanti allo schermo del suo computer. Giorgi ci obbligò quasi a fare un torneo di scacchi. Alvise perse con tutti – conosceva poco più delle mosse. Io vinsi con tutti.

Prima di andare a dormire, Giorgi attivò la spira di rame elettrificata. Alvise insistette per fare un sopralluogo al torracchiotto. Per salire fino alle feritoie sotto la cupoletta c'erano gradini di pietra abbastanza comodi. Una volta in cima toccava stare in piedi. Scomodo. Guardando fuori dalle feritoie, non si vedeva niente. Alvise disse:

«Qui sarebbe utile un visore a infrarossi. Lei, Giorgi, non ne ha uno, eh?»

Giorgi si scusò.

«No, colonnello. Siamo partiti all'improvviso. Però potrei procurarmelo.»

Alistair non era d'accordo.

«Meglio di no. *Better not*. Un traffico di agenti che vanno e vengono è l'ultima cosa che serve. Già l'idea che i brigatisti vengano a sapere che Jack è qui mi sembra un sintomo di mania di persecuzione. Chi glielo dice? *Take it easy!* Prendetela facile! Ora andate tutti a letto – ma prima un *nightcap*! Un cappuccetto per la notte: se non lo sapete è un bicchierino di whiskey.»

Alistair faceva sentire la "e" in "whiskey". Era uno dei pochissimi che non diceva "whisky". Andò a prendere un Laphroaig vecchio di quindici anni. Anche io mi accorsi che era eccezionale.

Andammo a dormire. Io rimasi sveglio a lungo. Mi accorsi che Giorgi si alzava ogni tanto e andava in giro senza fare quasi alcun rumore.

25.

Averlo nel mirino telescopico

Averlo nel mirino telescopico mi dava una certa soddisfazione. Ce lo avevo inquadrato già tre volte per acquistare familiarità con la situazione. Il reticolo del telemetro inquadrava la sua testa distante mezzo chilometro. Allora sentivo di averlo in mio potere – lui che teneva in suo potere troppa gente.

In quel pomeriggio estivo, la luce era perfetta. Avevo deciso di liquidarlo senza attendere oltre. I miei informatori mi avevano assicurato che sarebbe entrato a piedi nel Palazzo di Montecitorio. Dovevano riprenderlo per uno spot TV. Però non erano stati molto precisi. Aspettavo da più di un'ora.

Avevo appoggiato il fucile sul suo trespolo. Mi ero esercitato dozzine di volte. Sapevo che ci avrei messo quattro secondi a imbracciarlo, mirare e sparare. Il primo proiettile avrebbe impiegato mezzo secondo ad arrivare sul bersaglio. Poi altri due colpi: uno ogni due secondi.

Il mio sguardo scandiva continuamente la piazza. Mi concentravo su ogni passante, su ogni veicolo e, soprattutto, sui movimenti dei numerosi agenti di polizia e delle sentinelle. I loro atteggiamenti cambiavano all'improvviso, appena venivano allertati che stava arrivando un pezzo grosso – in particolare lui: il Cavaliere del Lavoro e Presidente del Consiglio.

L'attesa si prolungava e i miei pensieri vagavano di palo in frasca. Però ero sempre attento alla scena della piazza. Riflettevo. Non era mai successo in Italia che il vertice del Governo fosse occupato da un personaggio come quello. Facevo bene a eliminarlo. Poi si fece strada nella mia mente la considerazione ovvia che Mussolini era stato molto peggio. Aveva diffuso una cultura autoritaria, tronfia e vuota. Aveva frenato ogni progresso. Aveva imposto un gusto aggressivo e buffonesco certo peggiore delle liturgie di Forza Italia. Infine aveva fatto morire più di trecentomila italiani – e forse altrettanti stranieri – per aver fatto entrare l'Italia nella Seconda Guerra Mondiale. Alla fine era stato liquidato – ma troppo tardi. Il punto era proprio questo. Bisognava liquidarlo prima e non dopo il disastro.

Un martire italiano degli anni Trenta scrisse prima di morire:

«Voglio gettare il mio cadavere contro il fascismo».

Sbagliava: prima va ucciso il tiranno. Sacrificarsi solo dopo – se non si riesce a evitare.

Carezzavo il calcio levigato del Remington 700. Era con quell'arma che avevo divisato di salvare la Repubblica Italiana. Pensandoci bene avrei dovuto salvare anche gli Stati Uniti d'America (uccidendo Bush – o Rumsfeld?) e il Regno Unito di Scozia e di Inghilterra (uccidendo chi – Blair o il Principe di Galles?). E poi che cosa sarebbe successo? Avrei aperto la strada ad altri – e c'era da temere che non fossero ineccepibili.

Anzi c'era da esserne sicuri. Avrei dovuto meditare di più.

Meditavo sulle questioni di gusto. Erano quelle che mi avevano motivato inizialmente. Quanto è importante il buon gusto? È una cosa personale, non oggettiva.

Sorridevo ripensando a una storia che mi avevano rac-

contato anni prima. Una grande dama francese, negli ultimi anni di Luigi XVI, si accorse che una sua amica non aveva mai letto la Bibbia. Le disse:

«Signora, è un libro molto importante. È il più importante. Bisogna assolutamente che lo legga. Gliene do una copia.»

Qualche tempo dopo averglielo prestato, le chiese:

«Allora, mia buona amica, ha letto? Ha letto la Bibbia?»

L'altra storse il naso:

«Oui, chère madame, j'ai lu ça. Mais: quel ton! Quel effroyable ton!» [Sì, cara signora, l'ho letta. Ma che gusto! Che pessimo gusto!]

Non c'era dubbio: il gusto di Berlusconi era peggiore di quello della Bibbia.

Mancanza di buone maniere: che significava? Non ricordare che quando si apparecchia si deve mettere a sinistra del piatto una forchetta, a destra un cucchiaio e un coltello con la lama rivolta a sinistra. Davanti al piatto un coltellino e una forchettina per la frutta. E se c'è il pesce... Cose prive di senso rispetto all'impresa che stavo per compiere.

Continuavo a scandire ogni dettaglio di piazza Montecitorio: i passanti, gli agenti, le sentinelle. Tutto l'armamentario del potere costituito di questa travagliata repubblica. Ma non sono travagliate tutte le repubbliche? E non sono travagliate anche le monarchie, che (escludendo finora – stranamente – quella spagnola) hanno dato così triste prova di sé? E non erano travagliate anche le povere repubbliche popolari?

E tornai a pensare all'immediato e a come sarebbe finita. Mi passavano davanti alla mente immagini veloci. Il sangue a fiotti visto attraverso il cannocchiale della mia arma. Poi, forse, la reazione – di chi? Nel romanzo «Il giorno dello Sciacallo», il commissario Lebel riusciva a bloccare Chacal – l'uomo che stava per sparare a De Gaulle. Ma quello sciacallo era prezzolato da certi franco-algerini. Uno dei loro gorilla, sotto tortura, aveva dato alla polizia informazioni decisive. Io avevo agito sempre da solo. Nessuno mi poteva tradire.

Non avrei fatto una brutta fine come Charlotte Corday che aveva pugnalato a morte Marat. Era stata presa subito e condannata a morte. Mentre si avviava alla ghigliottina, aveva detto con voce ferma:

«Le crime fait la honte et non pas l'échafaud.»
[Sono vergognosi i delitti e non il patibolo.]

Forse avrei dovuto prepararmi un'ultima frase famosa che facesse effetto. Confidavo che non ce ne sarebbe stato bisogno.

E cosa era successo agli altri patrioti che avevano ucciso tiranni veri o presunti? Non avevo idea di che fine avesse fatto Gavrilo Prinzip che aveva ucciso il Granduca Ferdinando e, forse, scatenato la Prima Guerra Mondiale.

Sorrisi di nuovo. Ricordavo una discussione di politica che avevo fatto qualche anno prima con un giovinetto neofascista. Mi voleva dimostrare quanto fossero perfidi i comunisti. Mi disse:

«Ma lo sa che cosa sono arrivati a fare i comunisti in una città del Nord dove hanno in mano il consiglio comunale? Hanno speso i soldi del Comune per fare un monumento a Bresciani. Lo sa chi era, no? Quell'anarchico che assassinò l'imperatore Francesco Giuseppe e fece scoppiare la Prima Guerra Mondiale!»

Dovetti spiegargli:

«Con una frase sola hai detto tre bestialità. Francesco

Giuseppe morì nel suo letto due anni dopo l'inizio della guerra. Bresciani non è mai esistito. Bresci, a cui hanno eretto un monumento, mi pare a Carrara, assassinò re Umberto I nel 1900: quattordici anni prima che scoppiasse la guerra.»

E Bresci che fine aveva fatto? A quei tempi in Italia la pena di morte era stata abolita. (Fu messa di nuovo nel codice da Mussolini nel 1926). Però pare che Bresci fu "suicidato" in carcere da alcune guardie. La cosa non mi riguardava. Non mi avrebbero preso. Non mi avrebbero neanche fatto un monumento.

E Bruto? E Cassio? E l'invidioso Casca? Avevano ucciso Giulio Cesare e dopo era venuto l'Impero romano con i suoi eccessi e le sue guerre. Ma stavo divagando troppo.

Vidi movimento. Le sentinelle scattavano. Gli agenti si distribuivano in punti strategici. Alcune grosse auto si fermarono lontano dal grande portone. Silvio Berlusconi, in doppiopetto grigio scuro, scese dall'auto e si avviò con passo elastico verso il Parlamento. Erano in pochi attorno a lui. Si disposero a creare due piccole ali di henchmen – non di folla.

Lo tenni nell'incrocio dei fili del telemetro per vari secondi. Poi corressi la mira a sinistra. Era la direzione da cui soffiava il vento a 2 metri al secondo.

Carezzai il grilletto e poi staccai il dito. Deposi a terra il Remington con cura. Una bell'arma – inadeguata, però. Io ero un outsider. Non mi serviva più. Cominciai a smontare il fucile per rimetterlo nella sua custodia di cuoio. Rimuginavo. Poco dopo uscii con i miei bagagli da via dei Cazzafrusti e andai a riprendere la mia auto.

26.

Per me è come una droga

Per me è come una droga. Mi ci sono assuefatto e non ne posso fare a meno. Se trovo libri a casa di qualcuno, li vado brucando uno dopo l'altro a meno che non mi fermi una forza irresistibile.

Alvise e Giorgi erano usciti a passeggiare per la campagna. La Fema stava zappettando l'orto. Ero rimasto solo e rimestavo libri. Lo zio Alistair ne aveva tre pareti piene. Mi era successo tanti anni prima di frugare fra quei volumi o solo di guardarli. Non ricordavo bene: forse li avevo visti in una sua abitazione precedente. Ritrovavo dorsi di volumi che non avevo mai aperto. Però mi sembravano vecchie conoscenze: *Pallas' Travels. The Last of the Tasmanians. The Penny Cyclopedia*, edizione del 1851. *The Dover Patrol* dell'ammiraglio Bacon, 1919. Tanta narrativa: E.V. Lucas, Stella Benson, H.G. Wells, Balchin, Shute, Geoffrey Household. Libri di economia vecchi (Marshall, Jevons), meno vecchi (Galbraith) e recenti (Krugman).

Ce n'erano anche molti italiani. Un'edizione antica della Enciclopedia Treccani. Mi ricordavo ancora le indicazioni alfabetiche dorate sui dorsi: A-AGRI, AGRO-AMMI, AMMO-ARBE, ARBO-ASSE, ASSI-BALSO, BALTA-BIK, BIL-BUB... C'erano: Machiavelli, Gadda,

Brancati, Moravia, Cassola, Luigi Einaudi, Travaglio, Pansa, Bocca.

Trovai anche libri di cui avevo ignorato l'esistenza. Alistair era uomo di vaste letture. Bella cultura – e si vedeva dagli articoli che pubblicava. Continuai a curiosare. C'era anche roba inaspettata: *In caso di golpe – Manuale teorico-pratico per il cittadino di resistenza totale e di guerra di popolo, di guerriglia e di controguerriglia.*

Passai così tutta la mattina. Rientrati Alvise e Giorgi, la Fema ci preparò un «luncetto leggero, come lo preferisce il signor Alista'». Nel pomeriggio non avevo niente da fare. Mi addormentai per noia. Facemmo qualche chiacchiera inutile. Giorgi e Alvise avevano fatto amicizia. Parlavano, ma non li ascoltavo.

Poi la cena. Ero irritato. La semplice espressione "buona cenetta" mi dava noia. Imbruniva. Mentre prendevamo il caffè, sentimmo un motore che rombava e arrivò lui: Alistair.

Scese dall'auto. Aveva con sé un lungo contenitore di cuoio scuro. Quando si avvicinò, vidi che sopra c'erano impresse le sue iniziali in oro: A. W. H. Si sprofondò in poltrona e sorrise alla Fema che gli portava una tazzona di caffè. Aspettò che la donna tornasse in cucina. Sospirò. Ci guardò uno per uno. Poi disse:

«*Sit down and hold on tight*. Mettetevi a sedere. Tenetevi forte. Vi racconto una storia. Sembra una storia di violenza, ma è il resoconto di una riflessione lunga e di un cambiamento di rotta. Mazzini ne avrebbe parlato discutendo di pensiero e di azione. Io questa discussione l'ho vissuta.»

Mi sembrava che divagasse. Il tono, però, era serio e drammatico. Alistair sorseggiò ancora caffè e andò avanti.

«Voi sapete che dopo tanti anni mi considero quasi

italiano. Questo dannato paese mi affascina e spesso mi fa imbestialire. Lo maledico. Però non ammetto che venga disprezzato da altri. Nemmeno da suoi cittadini.»

Alzò la mano a indicare Alvise.

«Con te ne abbiamo discusso tante volte. Tu mi hai declamato invettive e orazioni contro il Nano Pelato. Erano degne di Cicerone o di Marziale. Tu lo chiamavi sempre "il Cavaliere del Lavoro". Sta rovinando l'Italia e lo fa in modo becero, interessato e di pessimo gusto. Ne ero indignato. Ricordate quando Tony Blair andò ospite nella villa di Berlusconi? Perfino il *Guardian*, quel giornale inglese così compassato, scrisse che Blair avrà anche tendenze suicide, ma, accettando quell'invito si è infilato "nella merda": in italiano nel testo!»

Bevve un altro sorso di caffè.

«Io seguo da decenni le finanze mondiali legate così strettamente alla politica. Osservo tutto e ho sempre cercato di essere indenne, distaccato, come una macchina fotografica che ritrae e non partecipa. Poi non ho potuto più.»

Spinse via la tazza di caffè sul tavolo.

«Giacomo, tira fuori il Laphroaig. Mi devo fare coraggio. Voglio dirvi cose difficili da dire.»

Versai da bere a tutti. Alistair sorseggiò il suo whiskey.

«Credo che l'idea mi sia venuta rileggendo le lettere di Voltaire.»

Si fermò. Noi aspettavamo. Lui si guardava in giro. Comportamento non usuale. Attraversò la stanza e andò a prendere un libro da uno scaffale. Lo sfogliò brevemente.

«Ecco. Queste sono le lettere sugli inglesi di Voltaire. È il libro che gli diede la fama nel 1733. Sì: da Voltaire lo accetto che tratti male gli italiani. Poi figuriamoci: gli italiani di duecento anni fa. Qui racconta di una poesia scritta da un giovane inglese e che lui avrebbe tradotto in francese. Mi impressionò. Così l'ho tradotta io in italiano. Non lo sapevate che scrivo versi, eh? Ora ve la leggo.»

Alvise era impaziente.

«No. Hai proprio rotto. Fai annunci roboanti e poi ti metti a leggere le poesie che traduci? Non sta bene. Come dici tu? *It's not done.*»

Alistair sospirò.

«Scusa. Scusate. Avete ragione. Abbiate un po' di pazienza. Devo rilassarmi. Vi ho detto che sto per fare un discorso difficile. Ecco la poesia.»

Cominciò a declamare con il suo accento italiano quasi perfetto.

«Che ho trovato in Italia? Sì: arroganza
Astuzia, povertà, gran complimenti,
Poca bontà: molti tentennamenti,
Commedie piene di una stravaganza
Che per gli inquisitori è religione
E che noi chiameremmo una follia.
La natura abbondante e solatia
Ci prova ad arricchir quella regione
Ma le mani rapaci di quei preti
Beccano ogni regalo naturale.
Oziano i monsignori in Quirinale
Deserto di filosofi e poeti.
I poveri son sempre soggiogati.
Osservano il digiuno ed un forzato
Voto di povertà mai pronunciato.
Pregano: tanto son disoccupati.
Il papa benedice e il suo sorriso
Illumina il paese sfortunato

Da questi miserabili abitato
Che sembrano dannati in paradiso.»

Strisciava solo qualche "c". Si sentiva che aveva imparato la lingua a Roma. Era bravo, però. Doveva aver studiato recitazione. Ero commosso anche io. Alvise non fece altre obiezioni. Vidi che si asciugava gli occhi. Disse:

«Va bene. Lo ammetto. Bei versi. Commoventi...»

La voce gli si ruppe e non continuò. Invece Alistair riprese vigore. Si era accorto di aver conquistato la sua platea.

«*A great man!* Un grand'uomo, Voltaire. Nessuno scrive più lettere come le sue. Le chiudeva tutte con *Ecrasez l'infame!* – schiacciate l'infame! Lui si riferiva alla superstizione e alla religione. Io l'ho trasposto al Cavaliere del Lavoro e ho sentito l'imperativo categorico di schiacciarlo, dato che questi sciocchi italiani non lo sentono questo imperativo.»

Alvise assunse un'espressione contrariata e severa. Il suo vecchio amico lo guardò con aria colpevole.

«Sì. Lo immagino. Avresti voluto essere coinvolto. Ma queste cose si devono fare – o non fare – da soli. Comunque io ero ben preparato. Quando Jack mi ha chiamato fuciliere, ieri, ho avuto un soprassalto. Lui parlava del mio vecchio reggimento, ma io SONO un fuciliere. Non lo racconto in giro, ma ancora adesso quando torno nel Surrey, vado sempre al poligono di Besley a sparare. Con questi ritrovati moderni anche alla mia età si spara con grande precisione ed efficienza.»

Indicò col mento il suo contenitore di cuoio che aveva appoggiato in un angolo.

«Là dentro ho un Remington 700. La sigla non vi dice niente. È un fucile con cui si fa centro a un chilometro di distanza. Ha il telescopio. Ero pronto. Ho comprato una casa che sovrasta la piazza di Montecitorio. Due ore fa avevo il Cavaliere del Lavoro nel mirino telescopico.»

Guardò nel vuoto e assentì.

«Sì. Lo potevo liquidare. Però non ho sparato.»

Giorgi disse:

«Osteria, che storia.»

Alvise ghignò:

«Codardo. Femminuccia» ma non riuscì a evocare da Alistair nemmeno il fantasma di un sorriso.

Io dissi:

«Zio Alistair, sfogati. Ti sei tenuto troppa roba imbottigliata dentro. Tirala fuori. Ormai ci hai sbalordito a tutti. Spiega. Ne hai bisogno.»

Ora Alvise era del tutto serio. Disse:

«Ne abbiamo bisogno tutti. Davvero. Racconta. Non vogliamo un'autocritica. Dovremmo fare una specie di Esercizi Spirituali.»

Alistair cominciò.

«Avevo cominciato a fare un confronto. Il Cavaliere mi sembrava il peggiore flagello che avesse mai colpito l'Italia. Non mandava i dissidenti a Ventotene, ma li soffocava con il suo strapotere televisivo. Ha rapinato i mass media per *bamboozle*, *brainwash* – come si dice? – rincitrullire, lavare il cervello del pubblico e, intanto, per guadagnarci soldi infiniti. Altro che conflitto di interessi, concorrenza sleale e monopolio. Questa è rapina. Nemmeno Mussolini ha fatto tanto male. Era più violento, ha voluto la guerra. Era ignorante, ma ci guadagnò personalmente molto meno del Berlusconi. Eppure ci provarono a uccidere Mussolini, anche se male. Per liquidarlo in quel modo barbaro alla fine, dovettero morire prima più di trecentomila italiani.»

Giorgi mi sussurrò:

«È una lezione di storia, eh?»

Alistair non lo sentì e andò avanti.

«Ma il Mussolini non era mica stato solo. Sopra di lui c'era il re e imperatore: Vittorio Emanuele III. Aveva appoggiato Mussolini per ventuno anni. Poi aveva trattato malamente la resa agli Alleati. Io ero nell'VIII Armata allora. Sentii alla radio il primo messaggio che aveva inviato agli italiani dal suo rifugio sicuro in Puglia o in Sicilia. Cominciava:

"Da questo libero lembo di Patria..." e glissava sul fatto che il resto della patria non era libero proprio per le azioni che aveva compiuto lui stesso.»

Si alzò e andò a colpo sicuro a tirare fuori da uno scaffale un altro libro. Era rilegato in tela rossa.

«Ecco. Questi sono i ricordi di Donald Downes, un americano che era stato una delle prime reclute dell'OSS, l'Office of Strategic Services. Era sbarcato a Salerno con i Ranger del colonnello Darby e ne aveva viste di tutti i colori. Questo libro è intitolato *The Scarlet Thread* (Il filo rosso). Downes racconta di essersi trovato in una fattoria nell'entroterra salernitano, quando vide arrivare una grossa auto con scorta militare. Ne scese Vittorio Emanuele che andava di persona a comprare le uova al mercato nero. Le controllava una per una guardandole contro luce. Le pagava 15 lire l'una, mentre a Vietri dove risiedeva costavano 17 lire, ma l'auto e la benzina erano offerte dalla Quinta Armata. Luca Sgazetta, un ex ufficiale della Regia Aeronautica, amico di Downes, aveva commentato: "Ecco questo porco che ha rovinato l'Italia: ancora sta a galla e perde tempo a comprare le uova. È proprio uno stronzo." Annunziante, un partigiano, lo aveva corretto: "È troppo piccolo per essere uno stronzo. È solo una cimice."»

Alistair richiuse il libro e lo mise a posto.

«Vi chiederete che rilevanza abbiano questi ricordi. Ce l'hanno, ce l'hanno. Vedete: bisogna ricordare e bisogna pensare. Uno dei guai dei poveri brigatisti rossi è che sparano, ma non pensano. Qui c'è da rileggere i grandi pensatori che hanno ragionato su questi disastri causati dai prepotenti, dai dittatori, dagli ignoranti. Chi per primo? Probabilmente Machiavelli: ricordate il prologo della *Mandragola* in cui diceva (parlando di sé in terza persona):

... che sa dir male anch'egli.
E come questa fu la sua prim'arte
e come in ogni parte
del mondo ove il sì suona
non istima persona.»

Si versò ancora da bere. Non chiese se ne volevamo. Atipico. Doveva essere proprio turbato. Riprese:

«E perché, poi, mi ero fissato sull'Italia? Certo. La considero la mia seconda patria. Però non conta mica tanto. E poi anche negli altri Paesi non c'è tanta gente da stimare. Anzi gli Stati Uniti – gigantesco bastione della democrazia – portano la bandiera dell'ingiustizia e della rapina. Il libero mercato diventa sempre più libero per i *crony* – come si dice? – i compagnoni di Bush junior e dei suoi amici e meno libero per gli altri. I controlli fiscali si affievoliscono: negli ultimi otto anni è diminuito del 28% il numero degli *auditor* – come si dice? – i revisori dell'Internal Revenue Service – l'Ufficio delle Entrate USA. Così ricconi e speculatori hanno meno controlli. Evadono più allegramente. Falsificano i bilanci in modi sempre più immaginosi. Intanto il sistema delle pensioni si avvia a crollare entro un decennio. Il boom dell'economia è finto. In parte si basa sull'aumento delle spese militari giustificate dalle guerre in corso e da quelle in programma. (E in queste guerre i morti stanno crescendo). In parte è costruito con trucchi contabili da presidenti di grosse aziende che guadagnano 500 volte più di un impiegato medio – non solo 40 volte di più come accadeva nel 1980. E poi si fanno pagare in stock option.»

Scolò il bicchiere. Poi lo guardò come se fosse meravigliato a vederlo vuoto.

«E qui in Italia di che si discute? Si ripetono discussioni interminabili sull'opportunità o meno di demonizzare Berlusconi. Ma vale ancora quello che diceva Sgazetta del re: "Non è il demonio. È troppo piccolo." Non è solo più piccolo. È anche più ingenuo. Sbandiera la sua ricchezza personale, magari suddivisa fra i familiari. Monopolizza in modo evidente. Assicura che eliminerà i suoi conflitti di interessi e, invece, li diversifica e li aggrava. A parte le reti TV, falsifica i bilanci e abolisce la legge che lo avrebbe incriminato. Corrompe i giudici e si aggrappa alle decorrenze dei termini. Fa quasi pena.»

Si stiracchiò.

«Vedete: il guaio di Berlusconi è che suo padre doveva essere una brava persona. Lui non gli insegnò a imbrogliare. Invece il padre di Bush, George H. W. Bush, non ha solo insegnato al figlio a compiere azioni disdicevoli e a coprire le tracce. Continua a compierle lui stesso. È un pezzo grosso del Carlyle Group, che compra a basso prezzo aziende specializzate in forniture militari e sull'orlo del fallimento. Poi il Governo USA passa a queste aziende commesse militari vantaggiose che ne risanano i bilanci e ne fanno crescere il valore. A questo punto il Gruppo Carlyle le rivende. Non sono pratiche proprio illegali, ma sono molto obiettabili. Quindi G. W. Bush va fermato prima che scateni appieno la Terza Guerra Mondiale. Prima che insegni le sue arti diaboliche a Berlusconi e ad altri. Prima che abolisca del tutto l'habeas corpus e le libertà civili nel suo Paese. Se riuscisse a farlo, diventerebbe indistruttibile per molto tempo.»

Alvise gli domandò:

«Allora che fai? Aspetti che Bush vada a Dallas, poi ti piazzi all'ultimo piano di una scuola in un magazzino e gli spari con un fucile Carcano?»

Alistair sbuffò.

«*Shut up!* Zitto! *This is serious stuff.* Questa è roba seria. Vedi, Alvise, i problemi complessi non possono avere soluzioni semplici. Bisogna inventare misure e imprese ragionevoli. Bisogna disseminarne la conoscenza. Non si deve sperare in successi a breve termine. Per questo non ho sparato. Io devo usare il *Financier* – un'arma più efficace del Remington 700. Certo, va fermato anche Silvio Berlusconi. Però nel suo caso ci si può attendere ragionevolmente che si fermi da solo. O, almeno, che si condanni da solo.»

Andò in un angolo e prese una ventiquattrore piena di documenti. Frugò fra le carte che conteneva e alla fine trovò quello che cercava.

«Sentite! Questa è una tirata fatta da Berlusconi davanti al Tribunale di Milano per il processo SME. È la dichiarazione che pronunciò il 27 giugno 2003. Aveva parlato a lungo senza essere mai interrotto e poi concluse così.»

Cominciò a leggere:

«*Aggiungo che un Presidente non è uno spettacolo così degno... un Presidente del Consiglio, Presidente del Consi-*

glio di tutti gli italiani e quindi... che non è uno spettacolo così degno che si trovi nella veste di imputato in un'aula di tribunale dove suscita tutta questa attenzione e dove questa attenzione non rimane soltanto confinata all'Italia, ma naturalmente comporta una lesione del prestigio e dell'orgoglio italiano là dove invece io ho fatto di tutto per riportare l'Italia a una situazione che aveva perso negli anni e che invece le compete per quel che siamo: grande Paese, grande economia, terzo contributore dell'Unione Europea, sesto contributore alle Nazioni Unite, terzo prestatore di soldati per le operazioni di peace keeping nel mondo. Io sono molto fiero...»

Alistair commentò:

«Sentito? Mi ricordava qualcosa, ma non riuscivo a mettere a fuoco la connessione. Poi ho avuto un flash. Le smagliature, le ripetizioni mi ricordavano un discorso famoso di un personaggio di romanzo. Ecco chi era l'originale romanzesco. Era il capitano Philip F. Queeg. Il romanzo era *L'Ammutinamento del Caine* di Herman Wouk. Vi ricordate il film? Lo interpretava Humphrey Bogart. Continuava a rotolarsi in mano due sferette d'acciaio. Testimoniava alla Corte marziale contro gli ufficiali che lo avevano esautorato e avevano preso il comando dello spazzamine Caine, durante una forte tempesta. La Corte aveva ascoltato il discorso slegato, pieno di smagliature, *non sequitur*, scusanti per sue proprie azioni chiaramente illegali, divagazioni sgrammaticate e insensate. Aveva concluso che Queeg era uno psicopatico. Quindi non si era trattato di ammutinamento, ma di azione dovuta e corretta.»

Si mise a sedere di nuovo. Si guardò intorno con aria soddisfatta.

«Ecco il punto. Anche senza prenderle fuori contesto [«... un presidente non è uno spettacolo così degno...»] le frasi e le stesse sgrammaticature di Berlusconi lo classificano come un caso psichiatrico. Io avrei commesso un grave errore a ucciderlo. Farei meglio a insegnare agli italiani la grammatica della loro stessa lingua, il buon senso, le buone maniere, la logica, l'informatica, la cultura. Fonderò una scuola di studi avanzati. Sarò lo sponsor di borse di studio.»

Sorrise per la prima volta quel giorno.

«Mi sono reso conto che non è affar mio. Se continua a stare in giro, magari votano ancora per lui. I suoi oppositori sembrano i pezzi grossi bizantini che discutevano sul sesso degli angeli mentre i turchi premevano alle mura di Costantinopoli assediata. Se lo uccidevo, non facevo davvero piacere a nessuno. Alcuni mi avrebbero detto che ne avevo fatto un martire. Altri mi avrebbero accusato di essere un comunista – magari un amico dei diplomatici inglesi che spiavano per i sovietici: Jimbo Philby, Burgess, McLean. No. Devo usare altre armi.»

Ridacchiò.

«Se morisse una dozzina di miei zii e cugini, diventerei Lord – Pari del Regno. Forse dalla Camera dei Lord potrei esercitare qualche azione. Anche se la loro importanza è scarsa e va diminuendo ogni giorno.»

Diede una scrollata di spalle.

«Non sta a me. Dopo tutto sono uno straniero qui. Spicciatevela un po' da soli. Dopo tutto gli italiani siete voi.»

Alvise concluse:

«Chi vuole i turchi, se li ammazzi.»

Alistair non capì la citazione. Mi guardò.

«Questa è la storia. Certo che sembriamo un'associazione pro Silvio Berlusconi. Jack, qui, gli ha salvato la vita. Io potevo terminarlo e non l'ho fatto.»

Alzò gli occhi al cielo con un'espressione dubbiosa.

«Scusa, Giacomo, se ti ho messo fra parentesi insieme a me. Scusa che ho cominciato un'impresa e non l'ho finita. Mi biasimi? Sei offeso? Ti ho deluso?»

27.

«*I am a stranger here myself*»

«*I am a stranger here myself.*»

Dissi ad Alistair. (Ti rispondono così in America se chiedi la strada a qualcuno che non ha familiarità con la zona). Riflettevo. Guardavo fuori dalla finestra. Era buio. Poi continuai:

«Ma ti pare che mi offenda? Anche io qui sono forestiero. Dopo il mio scontro a fuoco, quando mi svegliai in clinica, Alvise me lo disse subito. Cretino! Siamo stati vittime delle circostanze. Io ho agito in modo inconsulto. Tu, invece, ti sei astenuto. Cosa hai commesso? Un peccato di omissione?»

Alvise mi interruppe.

«No. Alistair ha ragionato bene. Ognuno deve fare il suo mestiere. Un vecchio saggio giornalista che spara, non sa di niente. Certo che deve scrivere. Erano forti gli articoli che ha pubblicato l'*Economist. Perché Berlusconi non è adatto a governare l'Italia. Perché Berlusconi non è adatto a presiedere l'Europa.* Hanno danneggiato il Cavaliere del Lavoro più di una batosta elettorale. C'era un precedente. Qualcuno disse qualcosa di simile di un libro scritto da un patriota nell'Ottocento.»

Alistair rispose subito.

«Ecco l'ignoranza italiana! Ve lo devo ricordare io. Fu

Veuillot, un giornalista, che lo disse a Metternich: "*Le Mie Prigioni* di Silvio Pellico hanno nuociuto all'Austria più di una battaglia perduta." E Metternich rispose: "Non lo nego."»

La stavano facendo troppo lunga. Le velleità tirannicide di Alistair non erano tanto interessanti. Dissi:

«Va bene. D'accordo. Continuiamo le ostilità per via pubblicistica. Però io, intanto, sto bloccato qui. Il Cavaliere del Lavoro mi toglie il lavoro. Mi fa spennare dall'Ufficio Entrate. Mi starà preparando altri brutti scherzi. La cosa mi lascia freddo. Non posso dire che tornerò nella libera America perché anche gli United States of America non sono mica tanto liberi ormai. Emigrerò in Costarica o in Messico. Le fottute Brigate Rosse non mi seguiranno fino a laggiù – spero. Per ora mi basta che non mi eliminino qui.»

Giorgi intervenne.

«Cercheremo di non farti eliminare. Modestamente sono venuto qui apposta, anche se il rischio non mi sembra imminente. Chi glielo dice alle Bierre che sei qui?»

Invece qualcuno doveva averglielo detto. Si sentì una sventagliata di mitra sulla facciata. Subito dopo, però, un urlo disumano. Dalla finestra intravedemmo un bagliore. Giorgi disse:

«Uno intanto c'è rimasto scottato sul filo elettrico.»

Alistair si alzò. Aprì il contenitore. Tirò fuori a uno a uno i pezzi del suo Remington. Mentre li assemblava, disse:

«Io mi apposto nel torracchiotto. Il mio telescopio ha anche il visore infrarosso. Non pensavo che mi servisse. Invece sì.»

28.

«*I bagged one!* Ne ho beccato uno!»

«*I bagged one!* Ne ho beccato uno!»

La voce di Alistair arrivava fievole dall'alto del torracchiotto. Avevo sentito molto più forte il grido dell'uomo che aveva colpito. Alvise disse:

«Stiamo male ad armi. Cosa abbiamo? Solo la calibro 9 di Giorgi. Che facciamo da soli? Chiamiamo i carabinieri.»

Giorgi apparve dalla scala.

«Credevo che il signor Alista' li avesse già chiamati. Ora chiamo i miei. Dico che mandino un elicottero. Io, però, ho anche questo.»

Alzò la mano e mostrò un Uzi che era andato a prendere di sopra. Poi cominciò a parlottare nel suo cellulare. Alvise disse:

«Non sappiamo come sono armati loro. In ogni caso è bene andare tutti di sopra. Se sfondano la porta ci beccano tutti qui. Presto. Salire. Muoversi, muoversi!»

Aveva cambiato voce. Era tornato di colpo al suo mestiere antico. Salimmo tutti disopra rapidamente senza discutere. Alvise salì per ultimo. Aiutava la Fema. La donna si lamentava, per fortuna a voce bassissima.

« Oddiooddiooddio! Che succederà? Non s'era vista mai una cosa così. Oddioddiooddio. Oddiooddiooddio.

Oddiooddiooddio! E il povero signor Alista' là in cima col suo fuciletto. Che gli faranno? Oddiooddiooddio!»

Alvise disse:

«Non basta. Saliamo al secondo piano e mettiamo mobili grossi davanti alle porte. Almeno li rallentiamo. Giorgi: alla finestra, ma attento!»

Giorgi si mise dietro uno scuro semiaperto. Guardava fuori dall'interstizio fra scuro e finestra. Io dissi:

«Cristo! Stiamo lasciando solo Alistair. Bisogna avvisarlo.»

Tirai fuori il mio cellulare. La Fema disse:

«Sì, sì, lo chiami. Glielo dica. Il signor Alista' il telefonino lo porta sempre dietro: tre tre cinque sei tre tre tre zero due cinque!»

Continuò a ripeterlo come una giaculatoria.

« Tre tre cinque sei tre tre tre zero due cinque. Tre tre cinque sei tre tre tre zero due cinque. Tre tre cinque sei tre tre tre zero due cinque...»

Alistair mi rispose subito.

«*Hallo, there! Call me later!* Richiamate più tardi.»

Prima che staccasse la comunicazione riuscii a dirgli concitatamente:

«Qui Jack. Non staccare. Siamo saliti di sopra. Non uscire di lì e non sparare più, se no ti localizzano. Giorgi ha chiamato il suo reparto.»

Esitò.

«OK. Va bene. Ma con un solo colpo che ho tirato non mi individuano. Sarò prudente.»

Gli altri erano già al secondo piano. Li raggiunsi. Alvise disse:

«Tutti lontano dalle finestre. Seduti a terra e schiena contro il muro. Lasciamo la luce bassa così. Giorgi: una breve raffica solo se vedi bene a che tiri.»

Sentimmo un sibilo. Alvise gridò:

«ERREPIGI! Granata a razzo!»

E la sua voce fu annullata da una fortissima esplosione a pianterreno. Le orecchie ci fischiavano.

Alvise spiegò:

«Era una RPG, una Rocket Propelled Grenade. Certo sovietica. RPG-7D1. Sotto avrà distrutto ogni cosa. Serve contro i tank. Tutti fermi, prego. Crederanno di averci annientato. Però verranno a controllare. Noi reagiamo solo quando salgono le scale. Allora avranno solo armi leggere. Se va bene li sorprendiamo.»

La Fema piangeva. Giorgi disse:

«Complimenti, colonnello. Si tiene al corrente, eh?»

Restammo immobili per molti minuti. Giorgi mormorò:

«Non si vede niente qui. Restano al buio.»

Passò ancora parecchio tempo. Poi sentii uno scricchiolio al piano di sotto. C'era qualcuno che avanzava molto lentamente. Giorgi stava pronto sulla porta con l'Uzi. Sussurrò:

«È uno solo.»

E alzò il pollice della sinistra. Da fuori si sentì una voce stentorea, con un forte accento umbro.

«Fermi tutti e boni! Guardia Foreshtale! V'emo acchiappato sur fatto 'sta vorda. Sete circondati! E mo' vedemo che volevate acchiappa' voi mo' che la caccia è chiusa e venite a spara' vicino alle case della gende!»

Il Corpo Forestale dello Stato mi è sempre stato simpatico. Non avevo mai avuto rapporti con loro. Avevo solo incrociato le loro jeep (targate CFS) per strade di montagna. Mi piaceva l'idea di uomini che sembrano militari e, invece, si occupano di alberi, prati e animali. Erano arrivati al momento giusto.

Giorgi gridò dalla finestra.
«Attenti, Forestali! Hanno armi pesanti! Sono terroristi.»
Sentii tre colpi di pistola. Poi di nuovo il Forestale umbro.
«E che ciànno lu bazzuka, questi? Mo' je lo digo io 'ndove se lo devono da mette. Nun l'aveva ricaricato! E 'sto piede che te ciò sparato spero che te lo tajano, brutto stronzo, così t'ampari a fa' el terrorishta!»
L'elicottero della Digos arrivò qualche minuto dopo. Era tutto fatto. I brigatisti erano sette di cui tre feriti. Alistair venne giù dal torracchiotto. Facemmo i conti dello spazio che avevano nelle loro due macchine. Sembrava probabile che fossero stati presi tutti.
Fine del capitolo terrorismo. Almeno speravo, ma nessuno avrebbe mai potuto darmi la certezza che potevo stare tranquillo.

29.

“Fu come se il cielo avesse baciato la terra”

“Fu come se il cielo avesse baciato la terra.”

Mi vennero in mente queste parole, ma non erano accompagnate da nessuna immagine mentale. Chissà da che reminiscenza uscivano. Doveva essere una poesia. Avevo rivisto Mila. Era appena arrivata a casa mia. L’avevo baciata seriamente. Era andata bene. Lei disse:

«E ora che succede?»

Mi piaceva tenerla stretta a me, ma intanto pensavo. Dissi:

«Non so che succederà. Pensi che potremo vivere insieme in *bliss* – in uno stato di grazia? Ci potremmo provare. Approverebbero tutti. Sembrerebbe naturale. La Aspesi ci scriverebbe un pezzo intitolato *Dal polsino insanguinato all’altare*. Ma ci sono altre considerazioni...»

Mila mi interruppe:

«All’altare, no. Forse al Comune. O se no, potremmo vivere nel peccato. No, seriamente: che facciamo ora?»

«Mi pare ovvio, no? Questo paese è scomodo. Un po’ per tutti e per me in particolare. Non ho più lavoro e il Cavaliere del Lavoro pare abbia intenzione di non farmelo trovare. Andare in America non mi attrae. Le cose non vanno tanto bene nemmeno là. Non vanno tanto bene da nessuna parte, mi pare. Potrei fare il *freelance*. O se no, se le cose peggiorano davvero, potrei mettermi a fare il riparatore – di macchine, elettrodomestici, infissi. Di mestieri ne ho imparati parecchi.»

Mila disse:

«Inventiamo un mestiere nuovo.»

Risposi:

«Possiamo inventarne tanti. Però di considerazioni ce ne sono anche altre. Non so se, mentre parliamo, c'è qualche altro brigatista rosso che pianifica la mia liquidazione. Comunque l'Italia è messa male.»

«E che si dovrebbe fare?»

«Per il Paese credo ci sia una sola possibilità. Dichiarare guerra alla Finlandia. La perderemmo subito. I finlandesi sono bravi e sono duri. All'inizio della Seconda Guerra Mondiale riuscirono a resistere anche ai sovietici. Sono tecnicamente più avanzati di noi. Vincerebbero subito e dovremmo farci conquistare. Così nominerebbero un governatore finlandese che finalmente metterebbe a posto le cose.»

Mila sorrise.

«E non hai nessun altro progetto più personale? Solo cercare lavoro, aspettarti di essere fatto fuori, mentre dici battute ciniche e spiritose?»

Li avevo i progetti più personali, ma questa è un'altra storia.

Indice

Stampato da
Grafica Veneta s.p.a., Trebaseleghe (PD)
per conto di Marsilio Editori® in Venezia

EDIZIONE	ANNO
10 9 8 7 6 5 4 3 2 1	2005 2006 2007 2008 2009